Golden Joe

Eric-Emmanuel Schmitt

Golden Joe

THÉÂTRE

Albin Michel

Ouvrage publié avec l'aide
du Centre National des Lettres

22, rue Huyghens, 75014 Paris

ISBN 2-226-07588-7

PERSONNAGES

JOE	
MEG	sa mère
ARCHIBALD	son oncle
CECILY	fiancée de Joe
STEELWOOD	père de Cecily
WESTON	comptable
GUILDEN	employés
ROSEN	employés
ARTHUR	chauffeur
FORTIN	banquiers
BRASS	banquiers
LE PÈRE DE JOE	(enregistré en vidéo)

UN EMPLOYÉ, UNE DOMESTIQUE, DES CLOCHARDS

Golden Joe

d'Eric-Emmanuel Schmitt,
créé le 6 janvier 1995 au Cado d'Orléans,
repris le 1ᵉʳ février à Paris,
Théâtre de la Porte Saint-Martin.

Mise en scène : Gérard Vergez. *Assistante à la mise en scène :* Laurence Diot. *Décors :* Carlo Tommasi. *Costumes :* Florence Emir. *Lumières :* André Diot. *Musique :* Angélique et Jean-Claude Nachon.

Distribution : Robin Renucci *(Joe)*, Francine Bergé *(Meg)*, Sandrine Dumas *(Cecily)*, Bruno Slagmulder *(Guilden)*, Jacques Zabor *(Archibald)*, André Penvern *(Steelwood)*, Olivier Pajot *(Weston)*, Erick Deshors *(Rosen)*, Michel Such *(Arthur)*, Bruno Allain *(Fortin)*, François Gamard *(Brass)*.

Création du CADO
Centre National de Création
Orléans - Loiret - Région Centre.
Direction Jean-Claude Houdinière - Loïc Volard.

1.

Salle des transactions. — Intérieur nuit.

Salle des transactions de la banque Danish, en plein cœur de la City londonienne.

Il est quatre heures du matin. Guilden et Rosen, deux courtiers, sont en train de surveiller les cours mondiaux de la Bourse sur leurs ordinateurs. Derrière eux, un mur d'écrans vidéo portant de multiples informations clignotantes.

GUILDEN. New York ferme.

ROSEN. Tokyo ouvre. *(Au téléphone.)* Oui, j'achète. *(À Guilden.)* New York, combien à la fermeture ? *(Au téléphone.)* Vendez.

GUILDEN. 4,28.

ROSEN. *(Au téléphone.)* Non, je ne vends qu'à deux cents. *(À Guilden.)* C'est gentil. *(Au téléphone.)* Oui, pour vingt mille. *(À Guilden.)* Et toi, tu as fait combien ?

GUILDEN. 5,2.

ROSEN. Mmm... *(Au téléphone.)* D'accord, j'attends confirmation.

Rosen raccroche. Rosen et Guilden sont différents : autant Rosen se montre mécanique et efficace, autant Guilden apparaît gauche et débutant.

Rosen s'approche d'une machine à boissons d'où il sort deux gobelets.

ROSEN. Un verre ?

GUILDEN. Qu'est-ce que c'est ?

ROSEN. Ce qu'on met dans les banquiers pour qu'ils travaillent... du café.

GUILDEN. Je veux bien.

On entend Big Ben sonner quatre heures.

GUILDEN *(frissonnant)*. Quatre heures... l'heure où les rats attaquent les poubelles... l'heure des suicidés, l'heure des vitrines brisées, l'heure des barbituriques... c'est l'heure où les hôpitaux s'affolent, les vieillards trépassent, les sirènes retentissent... c'est l'heure où, dans tout Londres, la vie semble, un instant, hésiter et reculer devant la mort.

ROSEN *(tranquille)*. C'est l'heure de Golden Joe.

Guilden goûte le café et le recrache.

GUILDEN. Dégoûtant !

ROSEN *(retournant à son clavier)*. N'est-ce pas ?

GUILDEN. Faut-il vraiment que la vie de spéculateur ait ce goût-là ?

ROSEN. Indispensable. Et plus tu travailles, plus ça devient aigre. *(Un temps.)* Golden Joe arrive dans trente secondes. *(Au téléphone.)* Tokyo ? J'achète. Pour 75 000.

GUILDEN. Tu l'admires, Golden Joe ?

ROSEN *(surpris)*. Admirer... le terme me paraît terriblement sentimental.

GUILDEN *(heureux)*. Moi je l'admire. Lorsque je faisais mes études, je lisais tous les articles que la presse lui consacrait : Golden Joe, le spéculateur aux doigts d'or, le démultiplicateur universel, le prince des golden boys, qui enfonce même son père, l'empereur de la City... Lorsque j'étais découragé, cela me remontait le moral. Je suis si heureux d'être parvenu ici.

ROSEN *(sarcastique)*. Heureux...

GUILDEN. Et toi, qu'est-ce que tu éprouves ?

ROSEN. Rien.

GUILDEN *(souriant)*. Pourtant, je t'ai observé : lorsqu'il est là, tu as les mains moites et ta nuque mouille ton col. *(Doucement.)* Tu as peur.

ROSEN. La peur n'est pas un sentiment ; c'est le ciment de toute relation sociale adulte. *(Un temps.)* Travaille.

Guilden essaie de s'y remettre. Il tapote son ordinateur. Mais la rêverie l'emporte.

GUILDEN. New York, Paris, Berlin, Tokyo... tu y es allé ?

ROSEN *(sec)*. Pour quoi faire ?

GUILDEN. Voir. Se promener... vérifier si la Terre est ronde.

Joe entre en coup de vent dans la salle des transactions.

JOE. La Terre n'est ni ronde ni plate, Guilden. Elle est rectangulaire, de la taille d'un écran, et elle tourne lorsqu'on appuie sur une touche ; on s'y déplace sur le dos d'un curseur, à la vitesse de la lumière, et l'homme n'est qu'un point lumineux. Résultats de la nuit ?

Rosen tend un listing.

ROSEN. Voici.

Joe s'absorbe dans sa lecture.

GUILDEN. Mais vous-même, avez-vous voyagé autrement qu'en curseur ?

JOE. Pardon ?

GUILDEN. Je songe à ce que vous disiez à l'instant.

JOE. J'ai dit quelque chose ?

GUILDEN. Vous parliez de la Terre et...

JOE *(fermé)*. Inutile. Ce genre de déclarations ne nécessite aucun suivi. Simple élément humain dans la conversation. *(Achevant la lecture du listing.)* Rosen, correct...

ROSEN *(s'inclinant)*. Merci, monsieur.

JOE. ... Guilden, médiocre.

GUILDEN. Je débute, monsieur.

JOE. Vous finissez, plutôt.

GUILDEN. Mais...

JOE *(objectif)*. Vous débutez comme un mauvais, pas comme un bon. Regardez votre volume de transactions, il est ridicule.

GUILDEN. J'ai voulu être prudent.

JOE. Timoré, plutôt. Pourquoi vous ai-je engagé ? Parce que vous êtes jeune. Or, vous vous comportez comme un vieux : vous avancez à pas comptés, vous prenez des assurances, vous équilibrez vos risques... vous manquez singulièrement d'inexpérience.

GUILDEN. Laissez-moi m'habituer.

JOE. Hors de question. Il n'y a aucune démesure en vous : vous n'êtes pas fait pour les chiffres. *(À Rosen.)* Rosen, instructions de ce matin. Premièrement, forcez sur le caoutchouc : il y a une recrudescence de maladies vénériennes. Deuxièmement, opération Premier ministre : engagez quelques relations téléphoniques pour faire savoir que son dernier rapport médical révèle des tumeurs cancéreuses ; après, la manœuvre habituelle.

GUILDEN *(inquiet)*. Monsieur le Premier ministre est malade ?

Rosen regarde Guilden avec une pitié méprisante. Joe garde son calme.

JOE. Il est en pleine forme. Mais si l'on croit qu'il est condamné, la confiance baissera, les cours aussi, nous achèterons à bas prix. Et cet après-midi, lorsque le porte-parole du gouvernement publiera son bulletin de santé — excellent, vous dis-je ! —, nous revendrons le paquet avec quelques jolis bénéfices. Je me trompais tout à l'heure : vous n'êtes pas timoré, vous êtes idiot. *(Il s'installe devant sa console. À Rosen.)* Des parasites, cette nuit ?

ROSEN. Toujours. On dirait qu'une image essaie d'apparaître sur l'écran. Tout se dérègle un instant, puis tout rentre dans l'ordre.

JOE. Depuis quand ?

ROSEN. Depuis la mort de Monsieur votre père.

JOE. Vous ferez venir des spécialistes.

Il se retourne et voit Guilden.

JOE. Vous êtes toujours là ? Passez à l'agence comptable pour retirer votre chèque.

GUILDEN *(décomposé)*. C'est que... c'est que, monsieur, je suis dans une situation épouvantable...

JOE. J'en suis sûr.

GUILDEN. J'ai besoin de travailler.

JOE. Naturellement.

Indifférent, il reprend son travail. Quelques secondes plus tard, il relève la tête et constate que Guilden n'a pas bougé. Il cligne des yeux et tend une carte de visite.

JOE. Allez de ma part à cette caisse de retraite. Vous avez une bonne tête, rassurante : on pourrait vous mettre au guichet pour escroquer les vieux.

GUILDEN. Oh, merci, monsieur.

JOE. Dehors.

Guilden est sorti.
Rosen et Joe travaillent sur leurs ordinateurs.

JOE *(en appétit)*. 16 novembre. Jour faste. Vous allez voir, Rosen : le 16 novembre est une date qui sourit à l'arithmétique, les additions vont virer à la multiplication, les zéros s'agglutineront, l'argent va partouzer sur les computeurs...

ROSEN. Vous avez consulté une voyante ? Vous croyez aux astres ?

JOE. Je ne crois qu'au ciel géométrique. Toutes les courbes d'étude montrent que le 16 novembre la Bourse de Tokyo fait sa plus belle progression. Même pointe depuis trente ans le 16 novembre ! Plus fort volume de transactions ! Plus forte hausse ! C'est statistique.

ROSEN. Pourquoi ?

JOE *(sec)*. Vous êtes fatigué, Rosen.

ROSEN *(obstiné)*. Pourquoi le 16 novembre plutôt que le 15 octobre ? Qu'arrive-t-il aux Japonais le 16 novembre ?

JOE. C'est un fait ! *(Il se retourne vers Rosen et le regarde sévèrement.)* Vous possédez la vérité mais vous voulez, en plus, savoir pourquoi elle est vraie ? Vous êtes bien prodigue ! Allez dormir une heure.

ROSEN *(inquiet)*. Mais, monsieur...

JOE. Je vois sur mon ordinateur que votre fréquence de transactions a baissé dans la dernière demi-heure...

ROSEN *(paniqué)*. Je vous assure que je n'ai pas sommeil.

JOE *(calmement)*. Lorsque vous vous servez de la machine à café, avez-vous remarqué qu'on ne peut pas mettre une pièce immédiatement après qu'une tasse a été servie ? Il faut attendre quelques secondes avant de reglisser de la monnaie.

ROSEN *(incertain).* J'ai remarqué.

JOE. Combien de temps ? Quatre secondes. Exactement quatre secondes. Allez dormir une heure, ce sont les quatre secondes qu'il vous faut.

ROSEN. Merci.

JOE. De rien. Simple élément humain.

Rosen est sorti. Joe se retrouve seul devant les écrans. Il pianote avidement sur son ordinateur lorsque tout d'un coup, derrière lui, des lignes flottantes apparaissent sur les écrans, en même temps qu'un grésillement se fait entendre.

JOE. Non ! Ça recommence !

Il essaie d'enrayer la panne par quelques manœuvres. Mais le phénomène s'accentue.

JOE. Allô ! Allô ! Appelez la cellule informatique d'urgence ! Oui, réveillez-les !

Il lutte en vain. Brusquement, le bruit devient net et sonore.

LA VOIX *(off).* Inutile, mon fils, de dépenser de

l'argent à des réparations, le réseau n'est pas touché, c'est moi qui ai programmé mon apparition.

L'image géante apparaît sur le mur cathodique. Joe se retourne et découvre le visage de son père, occupant tous les écrans.

LE PÈRE. Si tu vois cet enregistrement, c'est que je serai mort. Nous serons le 16 novembre. Quatre heures dix du matin. Tu auras chassé le fretin de la salle des transactions, tu régneras seul au-dessus des chiffres, tu profiteras des affaires japonaises. *(Un temps.)* Je suis mort, mon fils, je dois être posé dans un pot, sur une commode, chez ta mère, réduit en cendres. Je suis tranquille, je sais que tu ne m'as pas pleuré. Tu as toujours été un garçon sérieux, tu ne t'es jamais distrait sur aucun sentiment. *(Un temps.)* Si je suis mort, c'est qu'on m'a assassiné, mon fils. On m'assassine, en ce moment. Je n'ose croire que les coups viennent bien d'où ils viennent... Enquête, mon fils, enquête, et quand tu auras trouvé l'assassin, venge-moi. C'est tout ce que je t'aurai demandé dans ta jeune vie : venge-moi.

La bande s'arrête. Le visage disparaît des écrans sur un rictus tragique.

Joe se retourne, regarde son ordinateur et s'exclame, voyant sa montre.

JOE. La vieille carne ! Il m'a fait perdre trois minutes ! Allô, Tokyo ?

NOIR

2.

Bureau de Joe. — Intérieur jour.

Cecily, jeune fille extrêmement jolie et soignée, entre dans le bureau de Joe.

CECILY. Dites à Monsieur Joe que je l'attends.

L'EMPLOYÉ. Il se repose.

CECILY *(inquiète).* Il est malade ?

L'EMPLOYÉ. Non, mais comme il a fait un très bon chiffre aujourd'hui, il s'est accordé dix minutes de pause, je crois même qu'il feuillette un magazine. *(Il ne peut s'empêcher de commenter, en partant.)* L'élément humain.

CECILY *(avec l'air grave de celle qui comprend)*. Bien sûr.

Joe apparaît par une porte privée. Il ouvre les bras en direction de Cecily.

JOE. Cecily. J'ai une heure à perdre : je te la donne. Qu'en fais-tu ?

CECILY. Tu as gagné beaucoup d'argent ?

JOE. Beaucoup.

CECILY. Alors tu peux en dépenser beaucoup ?

JOE. Beaucoup.

CECILY. Je t'aime. Allons faire les magasins. Acheter ! Acheter ! Plein !

JOE. Achetons.

Il la prend contre lui.
Musique (mélodrame).
Ils vont parler comme on chante un duo, de manière tendre et lyrique.

JOE. Cecily, ma petite Cecily qui sais si bien parler aux hommes, qui éclaires leur argent de tes idées de femme...

CECILY. J'achèterai une toque de renard, un collier en lapis-lazuli...

JOE. ... ma petite Cecily qui donnes des couleurs aux nombres, habilles les chiffres les plus nus : un renard, un collier...

CECILY. ... un manchon de zibeline, des chaussures en autruche...

JOE. ... ma petite Cecily qui rends l'abstrait concret, qui accroches à l'argent mille objets qui scintillent, comme à Noël, autrefois, on accrochait boules et guirlandes au sapin...

CECILY. ... un sac — je n'ai plus de sac — avec un fermoir en or, une ceinture assortie...

JOE. ... ma petite Cecily qui me rends fort, plus homme encore, qui rends mon porte-monnaie viril, musclé, qui lui donnes le pouvoir...

Il passe la main dans ses cheveux et est arrêté par quelque chose. ***Brusque fin de la musique.***

JOE. Qu'est-ce que c'est ?

CECILY. Une barrette. Elle est belle, n'est-ce pas ?

JOE. D'où vient-elle ?

CECILY. De ton père. Il me l'a offerte pour nos fiançailles. Quelques jours avant de mourir.

JOE. Pourquoi ? Il y avait déjà un contrat de fiançailles.

CECILY. Je crois qu'il était content.

JOE. Comment dis-tu ? Content ? *(Il reste pensif.)* C'est répugnant. Cette vieille carne a décidément très mal fini...

CECILY. Joe, pourquoi dis-tu « vieille carne » pour parler de ton père ?

JOE. Quel autre mot pour un hasard qui se croyait des droits ? Parce qu'un chromosome qui séjournait en lui m'a donné naissance en s'égarant dans le corps de ma mère, il faudrait que je rende un culte à mon père ?

CECILY. Il t'a donné beaucoup d'argent.

JOE. Je n'ai pas été sitôt fait qu'il s'appropriait moi comme une chose : il disait « mon » en parlant de moi, « mon fils », « mon héritier », il m'embrassait, il m'envahissait, il me possédait... À mon premier million, je l'ai forcé à arrêter. Je lui avais appris à se tenir à distance... Mais sur sa fin... *(Violent, brusquement.)* Alors maintenant qu'il est mort, qu'il me foute la paix !

CECILY. Tu es bien dur. Tout simplement, ton père t'aimait beaucoup.

JOE. Biologique.

CECILY. Il était plein de fierté...

JOE. Biologique.

CECILY. ... d'admiration...

JOE. Biologique ! Les sentiments sont biologiques. Je ne lui reproche pas ses sentiments, je l'accuse, sur ses derniers jours, d'être devenu sentimental !

CECILY. Sentimental ?

JOE. Complaisance affective, aimer ses sentiments, s'en griser, s'en repaître... C'est une pathologie qui touche gravement les êtres un peu débiles, particulièrement les enfants et les vieillards. Moi, je suis en bonne santé : j'ai des sentiments mais je n'éprouve aucun attachement à mes sentiments.

CECILY. Pourtant... tu tiens à ta Cecily ?

JOE. Biologique.

CECILY. Mais tu ne tiens pas à y tenir ?

JOE. Pathologique.

CECILY. Mais alors, qu'est-ce que c'est, pour toi, qui existe, entre nous ?

JOE. Du désir, et bientôt un contrat.

CECILY. Pour moi, c'est de l'amour.

JOE. Tu n'as pas le même vocabulaire, c'est tout ; tu as un vocabulaire imprécis, un vocabulaire de femme... C'est un de tes charmes d'ailleurs. Nous allons faire ces courses ?

CECILY. Après tout, c'est toi qui sais, c'est toi qui as fait des études.

JOE. Tu parles trop. Il ne nous reste que trois quarts d'heure. Autant de magasins en moins.

CECILY. Filons.

Ils sortent.

NOIR

3.

Salon de Meg. — Intérieur nuit.

Salon grand-bourgeois de Meg, la mère de Joe.

Elle se trouve en compagnie d'Archibald, frère de son mari, banquier lui aussi.

Plus loin, derrière eux, Joe, assis à une table, finit des comptes sur un ordinateur de salon. Il est trop loin pour les entendre.

ARCHIBALD. Vous pâlissez tant que vos paupières verdissent.

MEG. Il faut le lui dire. Au plus tôt.

ARCHIBALD. Mais tout de suite...

MEG *(inquiète)*. Attendez qu'il ait fini mes comptes.

ARCHIBALD. Meg, vous avez peur de votre fils.

MEG. Naturellement. Depuis que mon fils est un homme, j'ai constamment peur de lui.

Joe, de loin, fait signe qu'il a bientôt achevé son travail.

JOE. Encore quelques calculs et j'arrive.

Il se replonge dans les papiers.

MEG. Je pense à son regard quand vous lui annoncerez que nous nous marions.

ARCHIBALD. Eh bien ?

MEG. Il va me voir ! Pour la première fois depuis trente ans... il ne verra plus sa mère mais une femme, une vieille femme, un peu sèche, ravinée... il perdra ses yeux d'enfant...

ARCHIBALD. Quelle délicieuse sensibilité !

MEG. J'ai honte, Archibald... dans quelques secondes, j'aurai pris trente ans, trente ans qui ne s'étaient jamais imprimés dans les yeux de mon fils. Quand vous aurez parlé, j'apparaîtrai nue, défaite, au retour de la guerre du temps, une guerre qu'on perd toujours...

ARCHIBALD. Je crois que vous prêtez beaucoup de finesse à Joe. D'ordinaire, rien ne le touche, sinon un krach boursier. Allons, ne craignez rien, mon petit oiseau d'amour.

MEG. N'employez pas ces mots dans sa proximité, Joe diffuse des ondes qui les rendent ridicules.

Joe les rejoint.

JOE. Voici, mère. J'ai fait — sur la page un, colonne de droite — l'estimation de ton portefeuille d'actions à l'heure présente. Sur la deuxième page, le revenu de tes loyers. Tes dépenses du mois sur la troisième.

ARCHIBALD. Assieds-toi, mon neveu, et bois un verre avec nous.

JOE. Non merci, mon oncle, ce genre d'élément humain me fatigue. Mais je veux bien m'asseoir.

MEG. Comment va Cecily ?

JOE. Je ne sais pas. Appelez son médecin.

Archibald croit à un mot d'esprit : il rit en tapant sur l'épaule de Joe.

ARCHIBALD. Sacré farceur !

Meg lui fait discrètement signe de ne pas insister.

MEG. Joe, nous avons quelque chose à te dire, ton oncle et moi.

JOE. J'ai quatre minutes trente.

MEG. Tu sais que j'aimais beaucoup ton père... Tu sais combien sa mort m'a affectée. Tu sais que je ne retrouverai plus jamais le type de relations que j'avais avec lui...

JOE *(l'interrompant)*. Si tu ne me dis que des choses que je sais, nous risquons, sans fatuité de ma part, de dépasser les quatre minutes.

Encore une fois, Archibald croit qu'il s'agit d'une plaisanterie. Il rit et tape encore sur l'épaule de Joe.

JOE. Je n'ai jamais compris, mon oncle, pourquoi vous vous secouiez ainsi régulièrement la carcasse en montrant les dents... j'ai toujours peur que vous ne vous décolliez le gras des os.

Archibald cesse brutalement de rire.

MEG. Enfin bref, malgré ce terrible deuil, il m'apparaît que... je ne peux pas vivre seule...

JOE. Prends un chien. Beaucoup de femmes de ton âge prennent un chien. C'est statistique.

ARCHIBALD *(relayant Meg)*. Ta mère, mon petit Joe, est bien trop femme pour oser te le dire : elle veut se remarier. *(Un temps. Joe ne réagit pas.)* Avec un homme de son âge. *(Idem.)* Que tu connais. *(Idem.)* Depuis longtemps. *(Idem.)* Avec moi.

Joe ne réagit absolument pas. Archibald et Meg le regardent avec inquiétude.

ARCHIBALD *(reprenant)*. Nous allons nous marier, ta mère et moi. *(Ajoutant pour détendre l'atmosphère.)* Tu vois, ça ne sort pas de la famille.

Il rit un peu trop fort. Meg aussi, pour dissiper la gêne.

JOE. Vous riez beaucoup, mon oncle. Pourquoi ?

ARCHIBALD. Vous ne riez jamais, mon neveu ?

JOE. Rarement. Rien ne me fait rire de ce qui fait rire chacun. *(Le regardant fixement.)* C'est une technique de communication pour obtenir des autres ce que vous voulez ?

ARCHIBALD. Dans une certaine mesure, oui. Ça les détend.

JOE. Un élément humain, en quelque sorte ?

ARCHIBALD. En quelque sorte.

JOE. J'essaierai.

Un temps.

MEG. Tu ne dis rien ? *(Un temps.)* Au sujet de notre mariage ?

JOE. Si, si. J'ai bien reçu l'information. *(Un temps.)* Vous ne sentez pas comme une odeur ?

MEG. Une odeur ?

ARCHIBALD. Une odeur ?

MEG. Non.

JOE *(intrigué)*. Ah...

Un temps.

MEG. Et qu'est-ce que tu en penses ? De notre mariage ?

JOE. Ah, vous me consultez ? *(Il réfléchit puis regarde sa mère.)* Tu es belle, mère, et tu peux encore faire un lot acceptable pour un homme d'un certain âge. Naturellement, je n'aimerais pas trop que tu fasses un enfant mais je crois savoir que la nature a sagement empêché les veuves cinquantenaires de diviser le patrimoine. Quant à mon oncle... *(Il se tourne vers son oncle qui soutient bravement l'examen.)* ... il est plutôt laid, ce qui n'a pas d'importance pour un homme ; il pèse trente-cinq pour cent des parts de la banque Danish, ce qui le rend convenable ; gros, gras et asthmatique, il devrait rapidement mourir, ce qui le rend sympathique et te laissera, ma mère, en bonne position patrimoniale et me garantira, à ta propre mort, soixante-dix pour cent des parts, soit le contrôle total du conseil d'administration ; bref, mon oncle constitue un excellent parti, surtout en tant que mort virtuel.

MEG. Tu envisagerais donc ce mariage d'un bon œil ? Tu es d'accord ?

JOE *(froid).* Toute marmite finit par trouver son couvercle.

À ces mots, il éclate de rire.
Meg et Archibald le regardent rire, effrayés.
Joe s'arrête brutalement de rire.

JOE. J'essayais votre technique, mon oncle. Je crois qu'elle ne me convient pas. *(Il se lève et se dirige vers la porte.)* Les quatre minutes trente sont écoulées. Je vous laisse à votre joie. *(Sur le pas de la porte.)* Il y a une odeur ici, vous devriez aérer. *(Un temps, cherchant l'élément humain.)* Ah oui, que dit-on dans ces cas-là ?... Soyez heureux... et n'ayez pas d'enfants.

Il sort.
Meg et Archibald restent, effondrés, sur le canapé, tirant une mine sinistre.

NOIR

4.

Salle des transactions. — Intérieur nuit.

Joe, seul dans la salle des transactions, est en train de travailler avec vélocité sur les ordinateurs. Tout d'un coup, les parasites sonores et visuels commencent.

JOE. Ah non, vieille carne, tu ne vas pas remettre ça !

La figure de son père apparaît sur l'écran.

LE PÈRE. Bonsoir, Joe. 20 novembre. Tu es seul dans la salle des transactions parce que, le 20 novembre, la banque centrale de Calcutta dévalue la roupie. Il y a du bénéfice dans l'air. De la boîte où je croupis, je t'envie.

JOE. Abrège.

LE PÈRE. J'irai droit au fait. Pendant des années, mon esprit a été aussi clair, net, et symétrique que notre salle des coffres. Tout y était à sa place, dans un tiroir et sous un numéro. Briefing quotidien, hygiène, livre de comptes. Mais depuis quelques jours, il y a des odeurs. Une odeur, Joe, c'est insupportable... la pestilence gagne tout, s'infiltre dans les angles, poisse sous les serrures, une odeur comme un soupçon...

JOE. De quoi parles-tu ?

LE PÈRE. Tu as dû la sentir, toi aussi. Ça se faufile comme un danger... l'univers se peuple d'ombres, l'ampoule électrique ne diffuse pas la même lumière pour tout le monde... tu ne sais plus ce qu'il y a derrière les crânes, ils sont des coffres inaccessibles, butés... Il y a de l'autre partout...

JOE. Tais-toi, vieille carne.

Et Joe se met à tripoter fébrilement les boutons pour faire disparaître l'image.

LE PÈRE. L'odeur... l'odeur de l'autre... Elle se

tenait près de ta mère, cette odeur, mon fils, la première fois, près de ta mère...

JOE. Je vais couper le courant. Tu seras bien obligé de te taire.

LE PÈRE. Venge-moi. Venge-moi de...

Et subitement, l'image disparaît.

Les écrans redeviennent normaux. Joe semble essoufflé, violemment ému, comme s'il sortait d'un cauchemar.

Guilden entre, un balai à la main, un seau et des chiffons : il est devenu employé d'entretien.

GUILDEN. Ça ne vous gêne pas, monsieur, que je fasse le ménage ?

JOE *(sans le regarder)*. Allez-y.

Joe s'assoit, pensif, menant une activité machinale sur ses ordinateurs. Dans la suite de la scène, il va se mettre à parler à Guilden, sans jamais le regarder vraiment, comme s'il dialoguait avec lui-même.

JOE. Vous vous appelez comment ?

GUILDEN. Guilden, monsieur.

JOE. Guilden, est-ce que vous savez ce que c'est, l'odeur de l'autre ?

GUILDEN. Oh, je pense bien, monsieur. C'est comme une grosse bouée qui empêche d'approcher. Il y en a une, plus ou moins large, autour de chacun.

Joe s'approche de lui.

JOE. Vous la sentez ?

GUILDEN. Oh oui.

Joe recule.

JOE. Toujours ?

GUILDEN. Oh oui.

Joe se met le plus loin possible de Guilden.

JOE. Toujours ?

GUILDEN. Oh, la vôtre, on la sent même lorsqu'on ne vous voit pas. Elle occupe toute la banque. Elle déborde même sur la City.

Joe s'approche très près de lui et le renifle dans le cou.

JOE. Et vous ? A part l'after-shave, je ne sens rien.

GUILDEN. Oh, mais moi je n'ai pas beaucoup d'odeur, c'est mon problème. Par contre, j'ai beaucoup de nez.

JOE *(sincèrement).* Ça doit être pénible.

GUILDEN. C'est une maladie, vous voulez dire ! Ça a un nom, d'ailleurs.

JOE. Ah oui ?

GUILDEN. La timidité.

Joe opine de la tête, perdu dans ses pensées, toujours collé à Guilden.

GUILDEN. Excusez-moi, monsieur... est-ce que vous ne pourriez pas... vous reculer... je suis tellement dans votre odeur que je vais suffoquer...

JOE *(machinal).* Bien sûr, bien sûr... *(Il regagne son ordinateur et prend son téléphone.)* Oui, Joe à l'appareil. Prenez rendez-vous avec mon oncle. Le plus tôt possible.

Pendant l'appel, Rosen entre et rejoint sa console.

JOE. Rosen, est-ce que vous sentez mon odeur ?

ROSEN. Je vous demande pardon, monsieur ?

JOE. Rien. Achetez des roupies sur tous les marchés avant midi et revendez ce soir.

ROSEN. Mais... vous n'avez pas commencé la manœuvre ?

JOE. Faites ce qu'on vous dit. Je repasserai plus tard.

Rosen, très intrigué, s'exécute. Joe se lève et passe devant Guilden. Il le regarde attentivement.

JOE. Vous vous appelez ?

GUILDEN. Guilden.

JOE. Vous aimez l'argent, Guilden ?

GUILDEN. C'est ce qui rend la misère supportable, monsieur.

JOE. Alors prenez.

Il sort un billet et le lui donne. Guilden n'en revient pas. Rosen ouvre de grands yeux étonnés.

JOE. A-t-il une odeur ?

GUILDEN. ... Non...

JOE. Aucune ?

GUILDEN. Non, monsieur.

Joe reprend alors le billet et le remet dans sa veste.

JOE. J'en étais sûr. *(Il va pour sortir. Au dernier moment, il se ravise et sort le billet.)* Tenez. Pour l'élément humain.

Il jette le billet à terre en direction de Guilden et sort sans se retourner.

Une fois qu'il est sorti, Guilden, honteux, sous l'œil de Rosen, s'approche et ramasse lentement le billet.

NOIR

5.

Deux téléphones dans l'obscurité.

Fortin and Brass, les deux banquiers, ont un visage et un costume identiques. Chacun décroche un téléphone sous un rayon de lumière avare.

BRASS. Fortin ?

FORTIN. Brass ?

BRASS. Affirmatif.

FORTIN. Confirmatif.

Un temps.

BRASS. Golden...

FORTIN. Joe ?

BRASS. Détruire...

FORTIN. Maintenant.

BRASS. O.K. ?

FORTIN. O.K. !

Ils raccrochent.

NOIR

6.

Bureau d'Archibald. — Intérieur jour.

Joe et Archibald, de dos, regardent la vue sur la City qu'offre la grande baie.

ARCHIBALD. Et je peux voir toute la City. Magnifique, n'est-ce pas ?

JOE. Magnifique, oui, vraiment.

Ils se retournent pour aller vers les sièges. Joe porte des lunettes noires.

ARCHIBALD. Nous sommes très contents de ta réaction à notre mariage, ta mère et moi.

JOE. Mais moi aussi, très content, vraiment.

ARCHIBALD. Et ta visite inopinée me fait beaucoup de plaisir !

JOE. Mais moi aussi, beaucoup de plaisir, vraiment.

ARCHIBALD *(riant de plaisir)*. Mon neveu ! Mon neveu ! Que se passe-t-il ? Je ne t'ai jamais vu si chaleureux !

JOE *(s'asseyant)*. J'essaie une nouvelle méthode de communication. On reprend à son compte les derniers mots de la phrase, en ajoutant « vraiment ». C'est une technique de négociation qui permet de donner l'impression que les mots ont le même sens.

ARCHIBALD. Je ne te crois pas, tu te moques !

JOE *(ambigu)*. Je me moque, oui, vraiment.

Il regarde son oncle. Malaise d'Archibald.

JOE. Trêve d'éléments humains, mon oncle, venons-en aux faits. J'ai consulté votre dossier sur ces dernières années, j'ai opéré une rapide synthèse et voici ce que cela me donne : soit vous êtes un imbécile, soit vous me cachez quelque chose.

ARCHIBALD. Joe, comment parles-tu à ton oncle !

JOE. Vous avez hérité, vous et mon père, de cette banque qui n'était d'abord qu'un petit établissement. Soit. En trente ans, mon père en a fait une des plus grandes banques d'affaires du monde. Jusque-là tout va bien. Maintenant, nous entrons dans les détails que je ne comprends plus. L'affaire Schweitzer : Schweitzer est un escroc, il embobine mon père, mon père engage dangereusement notre banque, c'est vous qui le sauvez de la ruine en rajoutant vos liquidités.

ARCHIBALD. Je vais t'...

JOE. Laissez-moi continuer. L'affaire Globus : mon père simule une crise pour faire baisser les actions, vous n'en savez encore rien ; le coupon baisse, se vend à des sommes ridicules ; par peur de tout perdre, vous vendez une partie de vos parts à Globus, un particulier, qui s'avère en fait être un homme de paille de mon père. Mon père apaise la crise artificielle, les actions remontent, et il se retrouve avec cinquante-cinq pour cent des parts, vous êtes floué, sa domination consolidée au conseil d'administration ; jusque-là tout va bien ; or, quand vous l'apprenez, vous avez encore le moyen d'obtenir des aveux écrits de Globus, de faire chanter mon père à vie, et non, vous ne faites rien ! Pourquoi ? Attendez ! Mon père encaisse chaque année des marges qu'il ne déclare pas, passe des capitaux en Suisse, truque les comptes, simule des faillites de filiales : vous le savez, vous fermez les yeux, et même vous continuez à l'appuyer dans ses manœuvres officielles. Pourquoi ? *(Un temps.)* J'attends vos explications.

ARCHIBALD. Ton père était mon frère.

JOE. J'attends.

ARCHIBALD. On ne traîne pas son frère devant les tribunaux.

JOE. Sauf s'il vous escroque de plusieurs millions chaque année. *(Bondissant sur lui.)* Mon père a toujours été loyal, profondément loyal ! Lorsqu'il agissait, c'était toujours pour l'argent, il n'a jamais dévié d'un pouce de sa trajectoire. C'était un homme droit, un pur, qui respectait les valeurs ! Et vous, pendant ce temps-là, qu'est-ce que vous faisiez ?

ARCHIBALD. Joe, parle-moi sur un autre ton.

JOE. Vous êtes un être vil. Vous n'aimez pas

l'argent. Vous auriez pu vous en mettre plein les poches toute votre vie, rien qu'en faisant chanter mon père qui savait, lui, le gagner, et vous vous êtes contenté de recevoir les restes qu'il vous jetait de temps en temps aux pieds. J'ai honte pour vous.

ARCHIBALD. Ne me juge pas si vite. Je... j'aime l'argent.

JOE. Je ne vous crois pas !

ARCHIBALD. J'aime l'argent, mais j'estime que tous les moyens ne sont pas bons pour en obtenir.

JOE. Faux. Si la fin est l'argent, l'honnêteté consiste à employer tous les moyens pour en obtenir. Qu'est-ce que ça cache, ces trente ans de silence, ces trente ans d'accommodations, de louvoiements ! Vous pourriez être aussi riche que mon père quand il est mort ou que moi maintenant, et vous avez gardé les mains dans le dos. Pourquoi ?

ARCHIBALD. Tu as l'intransigeance de la jeunesse.

JOE. L'intransigeance des principes. Qu'est-ce

que vous voliez, à votre tour, pour que l'on puisse si facilement vous voler ?

Ils se toisent un instant en silence.

ARCHIBALD. Tout n'est pas si simple... je vais t'expliquer.

Joe, subitement, porte son mouchoir à sa bouche, comme s'il était incommodé par une odeur.

ARCHIBALD. Mon petit Joe...

JOE. Je ne suis ni petit ni vôtre. Ne polluez pas la conversation avec ces éléments humains.

ARCHIBALD. Voilà. Quand...

La montre de Golden Joe sonne à son poignet. Il l'arrête tranquillement.

JOE. Pas maintenant. Je dois jouer l'ouverture de la Bourse de Hambourg dans mille deux cents secondes. Je vous rappelle.

ARCHIBALD. Il y a une explication, Joe, et tu verras, elle est très simple.

JOE. Plus tard.

Il se lève, il est déjà à la porte. Il retire un instant ses lunettes et pousse une grimace.

JOE. Comment peut-on travailler à la lumière du jour ? C'est très mauvais pour les yeux.

Il remet ses lunettes, renifle de nouveau sa pochette et va pour sortir. Il manque renverser sa mère qui entre alors.

MEG. Joe ! Tu étais ici ?

JOE. Exact.

MEG. Tu pars ?

JOE. Exact.

MEG. Tu n'embrasses pas ta mère ?

JOE. Non. On se lèche trop dans les familles. *(Il se retourne vers la pièce et fait une grimace en reniflant.)* Aérez, lorsque vous êtes dans une pièce. À deux, vous puez excessivement.

NOIR

7.

Bureau de Joe. — Intérieur nuit.

Guilden, en bleu de travail, est en train de faire mollement le ménage dans la pièce pour l'instant déserte.

Joe entre rapidement et jette ses dossiers sur son bureau.

Guilden sursaute.

GUILDEN. Oh... je n'avais pas fini... vous voulez que je vous laisse, sans doute ?

Joe ne réagit pas plus que si Guilden n'était pas là. Guilden hausse tristement les épaules et continue son nettoyage.

Entre alors Weston, le comptable, tout aussi rapidement.

WESTON. Fortin and Brass, monsieur, ils ont repris leurs manœuvres.

JOE *(réellement inquiet)*. Fortin and Brass ? Montrez-moi le dossier.

GUILDEN *(timidement)*. Je vous laisse, peut-être ?

Mais ni Joe ni Weston ne semblent noter sa présence.

Le comptable ouvre le dossier sous les yeux de Joe.

WESTON. Ils savent très bien que les deux piliers sur lesquels la banque Danish a construit sa fortune sont le nucléaire et l'informatique.

JOE. Eh bien ?

WESTON. Lisez la presse. Ils se servent des médias pour saper nos bases. On ne cesse d'attaquer ces deux secteurs. *(Il montre les journaux.)* Premièrement, l'énergie atomique : regardez ces photos, ce sont des enfants nés de parents irradiés — si, si, elles sont nettes, et dans le bon sens ; regardez ces cartes, ce sont les zones sinistrées autour des centrales nucléaires ; et regardez ces courbes descendantes, ce sont les résultats agricoles de ces mêmes régions.

JOE *(jetant négligemment les journaux).* Ça ne marchera pas. Les gens n'ont pas envie de voir ou d'entendre ce genre de choses.

WESTON. Au contraire. Les tirages montent. En couverture de magazine, le bébé d'irradiés fait désormais plus que les fesses de Josy Lamour ou le bikini de la princesse de Bent. Cinq cent mille exemplaires assurés, et ça peut même décoller au-delà si le bébé est, par chance, siamois ou trisomique. Le public en raffole. *(Un temps.)* Évidemment, les politiciens écologistes ne laissent pas passer l'occasion de se faire mousser et j'ai peur, pour nos prochains chantiers, que nous n'ayons pas nécessairement l'aval du gouvernement.

JOE. Ne craignez rien : j'ai un dossier sur les membres du gouvernement qui peut tous les envoyer en prison pour longtemps.

WESTON. Soit. Mais voici que l'informatique, l'autre fondement de nos activités industrielles, est aussi violemment remise en question. Une vaste campagne prétend que l'informatique amène la dégénérescence de nos facultés intellectuelles, l'abâtardissement de nos capacités de concentration. Certains ordinateurs commencent à être boycottés sur le marché. Et cette fois-ci, les gens de Fortin and Brass ont entraîné dans leur sillage le P.C.R., le Parti des Céphaliens Réactionnaires, ceux qui reviennent à l'écriture manuscrite et n'admettent même pas la règle à calcul.

JOE. Vous en concluez ?

WESTON. Que Fortin and Brass veulent faire baisser nos actions, provoquer une panique pour les acheter au plus bas et prendre ainsi le contrôle de la banque Danish. En un mot, ils tentent une O.P.A.

Joe a levé la tête et constaté que Guilden vient d'allumer une cigarette sur laquelle il tire tranquillement.

JOE *(au comptable, mais sans lâcher Guilden du regard).* Laissez-moi le dossier.

WESTON. Puis-je attirer votre attention sur l'urgence qu'il y a à réagir ? Il faut contre-attaquer. Vous savez qu'il n'y a rien de plus inflammable que l'opinion publique.

JOE. Je regarderai le dossier.

WESTON *(surpris)*. Soit.

JOE. Quoi d'autre ?

WESTON. M. Steelwood fait antichambre depuis ce matin pour être reçu de vous.

JOE. Combien pèse-t-il ?

WESTON. Je ne sais pas.

JOE. Je ne reçois un financier que s'il pèse plus de quinze millions.

WESTON. C'est un industriel.

JOE. Je vous le laisse. Je ne reçois pas les industriels.

WESTON. C'est aussi le...

JOE. Merci !

Weston comprend qu'il doit partir immédiatement. Il sort.
Joe continue à fixer Guilden qui tire tranquillement sur sa cigarette, inconscient du danger.

JOE. Vous êtes censé nettoyer ou enfumer mon bureau ?

GUILDEN *(effrayé mais essayant quand même de crâner un peu).* Je pensais être devenu invisible...

Il rit pour montrer qu'il a voulu faire de l'humour mais, à la tête de Joe, son rire se fige.

JOE. Comment vous appelez-vous ?

GUILDEN. Guilden, monsieur.

Joe le regarde un instant.

JOE. Je ne vous avais pas muté à la caisse de retraite ?

GUILDEN. Si, mais à cause d'une stupide histoire...

JOE. Quelle histoire ?

GUILDEN. Un petit vieux. Il avait quatre-vingt-douze ans. Il devait se faire opérer la semaine suivante... opération à cœur ouvert... il n'y croyait pas... il savait qu'il allait y rester... il voulait retirer son argent avant... Oh, pas grand-chose, l'épargne de toute une vie... de quoi se payer un petit week-end...

JOE. Eh bien ?

GUILDEN. Je lui ai donné son argent ! *(S'excusant.)* Oui, je sais, j'aurais dû lui faire croire qu'il fallait trois semaines pour avoir la disponibilité des fonds... J'ai été viré.

JOE. Bien.

GUILDEN. Alors, comme je connaissais une des femmes de ménage du sous-sol, une amie de ma défunte mère, j'ai pu me faire engager ici à l'essai pour trois semaines. *(Un temps.)* Je suis bien content. À Londres en ce moment, un habitant sur trois est au chômage.

JOE *(agacé par ces détails)*. C'est bien vous qui m'avez expliqué, l'autre soir, pour les odeurs ?

Guilden approuve de la tête. Joe s'approche et le renifle.

JOE. Oui... mais c'est si léger...

GUILDEN. Je peux sentir plus fort, si vous voulez.

JOE. Comment ?

GUILDEN. Dites-moi, les yeux dans les yeux, que je suis viré. Mais les yeux dans les yeux, c'est la condition.

Joe réfléchit un instant, décide de se prêter à l'expérience. Il le fixe puis dit calmement :

JOE. Vous êtes viré.

Guilden commence à se décomposer, oppressé par la nouvelle.

JOE *(renifle, toujours calme).* Effectivement... c'est amusant... il y a eu une petite pointe de fumet...

GUILDEN. Maintenant, dites-le-moi comme vous l'auriez fait auparavant ! *(Joe ne comprend pas.)* Si, si, en faisant autre chose, derrière votre bureau, et en lâchant les mots comme s'ils n'avaient pas d'importance... comme s'ils ne s'adressaient à personne...

Joe ne saisit pas assez vite. Guilden le conduit derrière son bureau.

GUILDEN. Voilà. Je vous mets un livre de comptes entre les mains, vous le vérifiez et vous me dites que je suis viré.

JOE *(sceptique, consultant les comptes, finit par lâcher).* Vous êtes viré !

Guilden se décompose comme précédemment. Joe renifle et ne sent rien.

JOE. Ça ne marche pas : cette fois, je n'ai rien senti.

GUILDEN. Et pourtant, moi, j'ai eu aussi mal la deuxième fois que la première... Voilà, la leçon numéro deux : pour sentir, il ne suffit pas d'une odeur, il faut un nez pour la sentir. Et cette fois, votre nez n'était pas disponible. Vous voulez une autre odeur ?

JOE. C'est assez.

GUILDEN. Si, si... Regardez-moi dans les yeux et dites-moi que je suis réengagé comme courtier à la salle des transactions.

JOE *(d'assez mauvaise grâce).* Vous êtes réengagé.

Guilden saute de joie.

JOE *(intrigué).* Effectivement... ça sent aussi fort mais l'odeur est meilleure... Où avez-vous appris tout ça ? Je ne l'ai lu dans aucun manuel de communication. Qui vous l'a enseigné ?

GUILDEN *(avec un bon sourire).* La vie !

JOE *(renfermé).* Parlez adéquatement, Guilden. La vie n'apprend rien, la vie n'est que le temps imparti à l'assemblage de molécules que nous sommes.

GUILDEN. Non, monsieur, erreur ! *(Lyrique.)* La vie, c'est le flux et le reflux du monde qui nous nourrit et nous porte, comme la vague le poisson.

JOE *(soupçonneux).* Vous faites partie d'une secte ?

Guilden, abattu par tant d'incompréhension, se tait.

Entre alors Cecily.

CECILY. Nous déjeunons bien ensemble, Joe ?

JOE *(regarde sa montre).* Oui, mais dans treize minutes seulement. Assieds-toi dans un coin et attends.

Sans mot dire, comme si cet accueil était natu-

rel, Cecily s'assoit sur une banquette et sort un magazine de son sac.

JOE. Ah oui, une dernière chose, Guilden. *(Joe se plante en face de lui.)* Tout à l'heure nous faisions vos petites expériences, des exercices d'école sans conséquence. Mais là, maintenant, je suis sérieux. *(Un temps.)* Vous êtes viré.

GUILDEN. Mais, monsieur...

JOE. Il n'y a pas de mais... vous êtes viré... Faute professionnelle : vous fumiez pendant le service... Et comme vous n'étiez engagé qu'à l'essai, vous n'aurez rien. Aucune indemnité.

GUILDEN. Vous plaisantez... monsieur ?

JOE. Jamais.

GUILDEN. Mais je suis perdu, fini... je n'ai rien pour vivre.

JOE *(ironique)*. Mais si... la vie !

Guilden baisse la tête et sort, pitoyable.
Joe sort sa pochette et murmure, songeur :

JOE. Quelle puanteur !

Weston entre de nouveau, assez gêné.

WESTON. Monsieur, ce M. Steelwood insiste pour être reçu par vous.

JOE. C'est son problème, pas le mien.

WESTON *(toujours gêné).* M. Steelwood est le père de Mlle Cecily.

Joe marque une légère surprise.

JOE. Faites-le patienter.

Weston sort.

JOE. Cecily !

Cecily sort la tête de son magazine.

JOE. Ton père est là.

CECILY. Mon père ? Je n'ai pas de père ici. Je l'ai laissé à la maison.

JOE. Celui que tu as chez toi, il est ici !

Cecily va vers la porte, passe la tête pour regarder dans le couloir et revient s'asseoir.

CECILY. C'est bien le même.

Elle reprend la lecture de son magazine.

JOE. Cecily, viens sur mes genoux.

Cecily s'exécute avec grâce et automatisme. Ils parlent. ***Musique (mélodrame).***

JOE. Cecily, nous allons nous marier.

CECILY. Bien sûr, Joe.

JOE. Et nous aurons des enfants.

CECILY. Bien sûr, Joe.

JOE. Et tu vieilliras, tu grossiras, tu te rideras, tu te feras tirer et teindre, et tu ressembleras à une vieille poupée très propre.

CECILY. Bien sûr, Joe. Et toi, tu prendras du ventre, de la couperose, tu perdras tes cheveux mais tu gagneras du poil dans les oreilles. Nous serons très heureux.

JOE. De quoi mourrai-je ?

CECILY. De surmenage, d'abus de café, et sans doute de mes petits plats trop gras.

JOE. Et toi ?

CECILY. Je mourrai seule, vieille, maigre et méchante, détestée de tous mes enfants et petits-enfants, en emportant mes bijoux dans ma tombe. Nous allons être tellement heureux, Joe.

Ils s'embrassent mécaniquement. ***Fin de la musique.*** *Un temps.*

JOE. Est-ce que j'ai une odeur, Cecily ?

CECILY. Une odeur ? Non.

JOE *(rassuré).* Toi non plus. *(Il appuie sur l'interphone.)* Faites entrer M. Steelwood. *(A Cecily.)* Quand nous l'aurons vu, tu me raconteras comment tu dépenseras mon argent puis nous ferons l'amour.

CECILY. J'ai préparé la figure 23.

Steelwood est entré. C'est un vieil homme au visage un peu égaré. Il se dirige vers Joe et lui tend la main par-dessus le bureau. Joe la regarde, d'abord sans comprendre, puis lui tend la sienne. Steelwood veut alors faire le tour du bureau pour embrasser sa fille. Mais celle-ci le repousse, mécontente.

CECILY. Non, ici tu ne me lèches pas.

Steelwood se recule et s'assoit.

JOE. Qu'est-ce qui me vaut le plaisir ?

STEELWOOD. Les affaires, monsieur, les affaires.

CECILY *(à voix basse à Joe).* Je peux retourner lire mon magazine ? Je ne vais pas comprendre.

Elle retourne sur sa banquette et se plonge dans les feuilles de son journal.

STEELWOOD. Comme vous le savez, je possède une petite fabrique d'informatique. Petite est un terme excessif puisque j'ai à ce jour trois mille employés si l'on compte mes filiales.

JOE. Combien pesez-vous ?

STEELWOOD. Moins trois millions.

JOE. Adieu.

STEELWOOD *(s'accrochant).* Ces deux dernières semaines ont été très mauvaises, et nous n'avons presque plus de commandes pour les mois à venir. Si je ne trouve pas une solution, dans une semaine je mets la clé sous la porte.

Joe ne réagit pas.

STEELWOOD. Je vais mettre trois mille personnes au chômage.

JOE. Et alors ?

STEELWOOD. Je n'aurai plus d'argent.

JOE. D'après ce que m'ont dit nos avocats, la dot de Cecily est constituée par l'héritage de sa mère, et vous n'avez pas le droit d'y toucher.

STEELWOOD. C'est exact.

JOE. Alors je ne comprends pas votre venue. En quoi suis-je concerné ?

STEELWOOD. Je pensais toucher l'homme en vous, le futur époux de ma fille, mon beau-fils en quelque sorte.

Joe se met à renifler en sa direction avec inquiétude.

STEELWOOD. Je suis un homme fini, Joe. Dans trois jours, je dois payer mes employés et je n'ai plus un sou en caisse. Plus un. Je suis en rouge dans mes trois banques. Je suis fini.

Joe s'approche de Steelwood qui pleurniche de plus en plus.

STEELWOOD. J'ai tourné une heure pour garer ma voiture, je n'ai même plus les moyens de payer un parcmètre.

Joe est tout contre lui, les narines en activité.

JOE. Combien vous faut-il ?

STEELWOOD. Quatre millions. Sinon, je ne paie personne.

Cecily sort la tête de son magazine et dit très clairement :

CECILY. Ne lui prête rien, Joe. Jusqu'ici il n'a jamais remboursé ses dettes. C'est un tocard.

STEELWOOD. Tais-toi, poison !

CECILY. Il est tellement ratiboisé que le matin il pique des pièces dans mon sac pour tenir la journée. Ne lui prête rien.

JOE *(lumineux)*. Mais je ne lui prête pas. Je lui donne.

Steelwood tombe spontanément aux pieds de Joe et les embrasse.

STEELWOOD. Ah, monseigneur... monseigneur...

CECILY *(sèchement)*. Puis-je savoir pourquoi ?

JOE *(comme grisé)*. Parce qu'il a une odeur... oui... mais une bonne odeur : l'odeur de la peur de manquer. Toute sa vieille peau sue l'angoisse de n'avoir plus d'argent, la crainte lui a donné l'haleine fétide, cet homme se voit nu, à la rue, sans un sou... c'est une odeur très sympathique. *(Il aide Steelwood à se relever.)* Allons... venez avec moi, je vais vous faire un chèque...

CECILY. Je ne suis pas d'accord. Tu ne dois pas dépenser notre argent pour des lavettes.

JOE. Allons, Cecily, une fois, juste une fois, à cause de l'odeur. *(Prenant le bras de Steelwood.)* Suivez-moi.

Ils sont sortis.
Cecily regarde devant elle, les yeux agrandis par la surprise.

CECILY. J'ai peur.

NOIR

8.

Une rue de Londres. — Extérieur nuit.

Un seul réverbère sur la scène, qui crache une lumière avare.

Deux hommes en chapeau melon et chapeau gris, dont on ne voit pas le visage, attendent.

Un troisième arrive, dans la même tenue. On reconnaît Weston, le comptable.

WESTON. Fortin ?

FORTIN. Affirmatif.

WESTON. Brass ?

BRASS. Confirmatif.

Weston se met dans le cercle de lumière jaunâtre. Ils ont des attitudes de conspirateurs.

FORTIN. Alors ?

BRASS. Riposte ?

WESTON. Je ne comprends pas. Il fait semblant de négliger, il semble ne pas entendre.

FORTIN. Découvert ?

BRASS. Trahi ?

WESTON. Non, je ne peux pas croire qu'il me soupçonne. S'il savait que je suis en rapport avec vous, il se servirait de moi pour vous passer de fausses informations. Or, il ne me dit rien.

FORTIN. Négligence ?

BRASS. Fatigue ?

WESTON. Peut-être veut-il vous laisser continuer cette campagne d'intoxication jusqu'à ce qu'elle compromette vos intérêts aussi ? En effet, si le public perd toute confiance dans le nucléaire et l'informatique, le marché ne remontera pas, et les actions que vous aurez rachetées seront alors sans valeur. À ce moment-là, c'est vous qui crierez « stop ».

FORTIN. Risqué.

BRASS. Téméraire.

WESTON. Mais intelligent. Je ne sais pas. Alors il faut attendre.

FORTIN. Attendre.

BRASS. Attendre.

Les trois hommes s'en vont, chacun de son côté.

NOIR

9.

Limousine. — Intérieur jour.

Intérieur de la limousine de Joe. Face au public, Arthur le chauffeur tient le volant. Sur la banquette arrière, Joe jongle avec les dossiers et les téléphones.

JOE. Oui, achetez. J'ai dit « achetez ». Sans discuter. *(Autre téléphone.)* Non, n'achetez pas mais faites croire que j'achète. *(Au chauffeur.)* Plus vite, Arthur.

ARTHUR LE CHAUFFEUR. Bien, monsieur.

JOE. *(Sur un autre téléphone.)* Allô, oui, passez-moi Archibald. *(Au chauffeur.)* Plus vite.

ARTHUR LE CHAUFFEUR. La circulation est difficile, monsieur.

JOE. Je vous donne un ordre, je ne vous demande pas votre avis. *(Au téléphone.)* Allô, mon oncle ? Non, dérangez-le... je ne veux pas le savoir. *(Sur l'autre téléphone.)* Ça ne m'intéresse pas. Non, même à ce prix. Vous leur direz de ma part que je ne traite pas avec des has been. *(Au chauffeur.)* Accélérez, Arthur.

ARTHUR LE CHAUFFEUR. Puis-je rappeler à Monsieur que je ne m'appelle pas Arthur, mais Jérémy ?

JOE *(menaçant)*. Vraiment ? Tous mes chauffeurs se sont toujours appelés Arthur. *(Un très léger temps. Puis, d'un ton faussement détaché.)* Qu'est-ce que vous faites, dans la vie, Jérémy ?

ARTHUR LE CHAUFFEUR *(paniqué)*. Je suis votre chauffeur, monsieur, et je m'appelle Arthur.

JOE. Et ?

ARTHUR LE CHAUFFEUR *(toujours paniqué)*. Et j'accélère.

JOE *(revenant au téléphone)*. Allô, mon oncle ?

Oui... alors, vous m'aviez promis une explication. Pourquoi n'avez-vous pas plumé mon père toute sa vie, alors que vous pouviez le faire en toute impunité ? *(Sur l'autre téléphone.)* O.K., transaction acceptée. *(Sur l'autre combiné.)* Oui, j'écoute.

Un rayon lumineux isole Archibald parlant au téléphone.

ARCHIBALD. Vois-tu, Joe, c'est à cause de ta mère... eh bien...

JOE *(au chauffeur)*. Plus vite.

ARCHIBALD *(accélérant)*. Voici : j'ai toujours été amoureux de ta mère. Depuis le premier jour. Malheureusement c'est ton père qu'elle a préféré et...

JOE *(au chauffeur)*. Je vous dis d'accélérer.

ARCHIBALD. Joe... Joe... comme tu me parles...

ARTHUR LE CHAUFFEUR. Mais, monsieur, le feu est rouge, je n'ai pas le droit.

JOE. Brûlez. J'ai des dossiers sur tout le monde à la police. *(À l'oncle.)* Alors, amoureux de ma mère, disiez-vous ? Mais, mon cher oncle, je ne vous questionne pas sur vos embarras gastriques, je vous demande de m'expliquer votre stratégie financière.

ARCHIBALD. J'avais honte d'être amoureux de ta mère, mauvaise conscience par rapport à ton père...

JOE *(au chauffeur)*. Filez droit !

ARCHIBALD. Et puis... et puis, flouer mon frère, c'était flouer ta mère.

ARTHUR LE CHAUFFEUR. Mais on va me retirer le permis !

JOE. Je couvre tout. Allez...

ARCHIBALD. Et voler ta mère, ça... je ne pouvais m'y résoudre.

Le chauffeur conduit de façon de plus en plus désordonnée et dangereuse.

JOE *(à son oncle)*. Je ne comprends rien à ce que vous dites. Donnez-moi une explication sérieuse. *(Au chauffeur qui vient de stopper la voiture.)* Démarrez...

ARTHUR LE CHAUFFEUR. Mais...

JOE. Démarrez !

En fermant les yeux, le chauffeur démarre. On entend un cri d'enfant, le bruit d'un choc. La voiture s'arrête sur un atroce coup de freins.

JOE. Mais qu'est-ce qui vous prend ?

ARTHUR LE CHAUFFEUR. J'espère que vous avez une bonne assurance, monsieur.

JOE *(exaspéré)*. Je dois être au conseil dans trois minutes. Qu'est-ce que vous attendez pour redémarrer ?

ARTHUR LE CHAUFFEUR. L'enfant, monsieur...

JOE. Démarrez !

LE CHAUFFEUR. L'enfant... il faut d'abord le déblayer... il est mort !

Joe se penche en avant et découvre la scène. Silence. Long silence.

ARCHIBALD. Allô... Joe... Joe... allô ?...

Joe ne peut plus répondre. Il porte son mouchoir à son nez.

JOE. Est-ce que c'est normal que ça pue autant... si vite ?

LE CHAUFFEUR. Je vais sortir, monsieur. Pour leur dire qui vous êtes.

Il se retourne pour avoir l'approbation de Joe. Mais Joe n'est plus là. Il est sorti de la voiture pour vomir, et s'enfuit en courant...

LE CHAUFFEUR. Monsieur ?... Monsieur ?...

ARCHIBALD. Joe ?... Joe ?...

La lumière s'éteint progressivement.

Dans le noir, les voix résonnent... « Joe ? Joe ? Monsieur ? Joe ? etc. »

Désormais, en off, tout le monde appelle Golden Joe. On entend Archibald, le chauffeur, le comptable, Rosen, chacun appelle dans le vide un homme qui s'est enfui...

10.

Salon de Meg. — Intérieur nuit.

Meg, devant sa coiffeuse, est en train de se piquer des aiguilles dans le crâne. Elle grimace affreusement à chaque pénétration.

Joe entre silencieusement et la regarde.

Un temps.

MEG *(remarquant sa présence).* Ah... enfin...

JOE. Qu'est-ce que tu fais, mère?

MEG *(elliptique).* Je lutte. *(Se retournant vers lui.)* Où étais-tu? La banque t'a cherché cet après-midi...

JOE. Je marchais...

MEG. Pardon ?

JOE. Je marchais dans Londres... *(Expliquant à Meg interloquée.)*... marcher... un pied devant l'autre... et l'autre encore, devant...

MEG. Drôle d'idée...

Elle recommence à planter ses aiguilles.

JOE. Contre quoi luttes-tu ?

MEG. Contre l'âge... il paraît que la peau se retend sous l'effet de la douleur...

JOE. Contre l'âge... *(Il s'assied.)* Mon oncle fait-il partie du combat ?

Meg se retourne vers lui, embarrassée.

MEG. Ce mariage te gêne... tu as l'impression que je vais trop vite... que je trahis ton père... que je te quitte, peut-être aussi ?

JOE *(haussant les épaules)*. La subtilité des femmes m'assomme. *(Un temps.)* De quoi mon père est-il mort ?...

MEG *(rapide)*. Embolie pulmonaire.

JOE. C'est héréditaire ?

Meg se dresse et s'approche de lui.

MEG. Pourquoi dis-tu cela ?

JOE *(naïvement)*. Les odeurs... depuis cet après-midi, je suis asphyxié par les odeurs... un relent de pourriture qui me poisse les poumons... j'ai du mal à respirer...

MEG. L'embolie n'est pas une maladie héréditaire.

JOE. Contagieuse, alors... *(Brusquement.)* Ça s'attrape comment ?... Par les femmes ?

MEG *(très inquiète)*. Joe, qu'est-ce que tu racontes ?

JOE. Je ne sais pas. *(Il baisse la tête.)* Les idées me traversent la tête comme des balles. *(Un temps.)* J'ai écrasé un enfant, cet après-midi. En voiture.

MEG. Mais non !

JOE *(plein d'espoir)*. Il n'est pas mort ?

MEG. Si. Mais j'ai donné de l'argent à la mère, elle n'a pas porté plainte, elle a dit que l'enfant était tombé d'une fenêtre. Tout est arrangé. Il n'y a plus de problème.

JOE. Il est bien mort ?

MEG. Il a voulu traverser trop vite, il est puni, voilà. *(Un temps. Elle conclut.)* La vie n'est facile pour personne. Quant à Arthur, je l'ai licencié tout à l'heure, c'est une histoire réglée... Où étais-tu passé ?

JOE. J'ai marché... je n'avais plus envie d'aller à mon conseil d'administration... je n'avais plus que mes pieds qui fonctionnaient... un pied devant... ensuite l'autre... puis le premier... Après, je me suis rendu compte que la nuit était tombée... je suis venu ici... je pensais à mon père...

MEG. Quel rapport avec ton père ?

JOE. Cette odeur ne me lâche plus, l'odeur de l'enfant sur la chaussée...

MEG *(ferme)*. Ne te laisse pas aller... Quitte Londres, va te reposer quelque part... je ne sais pas... va au congrès de Birmingham sur la plus-value, va visiter notre succursale d'Exeter... relis Malthus, les Mémoires de Rockefeller, quelque chose de gai, de vivifiant... distrais-toi, recharge-toi !

JOE. Tu as raison.

Il regarde la psyché de Meg.

JOE. Tiens, c'est curieux... je n'avais jamais vu qu'il y avait cette forme, dans ton miroir...

MEG. Quelle forme ?

JOE. Là... une forme... comme un enfant qui pleure, non, qui saigne.

Meg se place devant le miroir pour le lui cacher.

MEG. Veux-tu que je te retienne un avion pour Birmingham ?

JOE. Oui...

Meg se précipite sur le téléphone.

JOE. Il n'y a vraiment rien à faire, pour cet enfant que j'ai tué cet après-midi ?

MEG. Ton assurance était en règle ?

JOE. Oui. *(Riant.)* De toute façon, c'est nous qui possédons la compagnie d'assurances.

MEG. Alors... *(Au téléphone.)* Préparez le jet de Monsieur Joe, demain neuf heures. Atterrissage Birmingham. *(Raccrochant.)* C'est fait.

JOE. Est-ce que tu as déjà tué, mère ?

MEG *(inquiète)*. Drôle de question, Joe.

JOE. Drôle de réponse, mère.

MEG. Oui, bien sûr, j'ai tué. Plusieurs fois. Parfois sans le vouloir. Parfois volontairement. C'est la vie, tuer, c'est dans l'ordre... On tue les pauvres en étant riche, on tue les vieux en étant jeune, on pousse ses parents lentement vers la tombe... Pas de vie réussie sans cadavres, les fleurs poussent sur de la charogne... c'est dans l'ordre...

JOE. Et qui d'autre encore ? Qui d'autre encore as-tu tué ?

MEG *(sur ses gardes)*. Où veux-tu en venir ?

JOE *(sincère)*. Je ne sais pas bien... les questions me poussent, comme ça... ce soir...

Meg a un vrai mouvement de mère pour Joe, un mouvement de tendresse inquiète... elle lui prend le front dans les mains.

MEG. Tu ne dois pas te poser de questions, pas toi ! Tu dois continuer à avancer à l'aveugle, sans faillir, comme avant, sinon...

JOE. Sinon ?

MEG. Rien. Ne me pose pas de questions. Allez, va te coucher, tu prends ton avion demain.

Joe se lève docilement mais s'arrête en face du miroir.

JOE. Comment peux-tu parvenir à te regarder dans ce miroir ? On ne voit que lui, l'enfant...

MEG *(lui mettant la main sur le front)*. Tu le vois vraiment ?

JOE. Pas toi ?

MEG. Si. *(Sincère.)* Il y a un enfant sanguinolent qui nous attend dans tous les miroirs... c'est le remords. *(Elle se précipite vers lui et le prend dans ses bras.)* Oh, mon Joe, j'ai si peur pour toi... je pensais que toi, au moins, tu échapperais à tout ça... mon petit Joe...

Joe se laisse aller contre elle, de manière enfantine, confiante...

JOE. Quelle migraine... ces choses nouvelles... cet autre monde, celui des odeurs... et cet autre encore, celui du remords... Tu ne me l'avais pas dit.

MEG. Mon Joe, je voulais t'épargner...

Il se laisse aller, la tête contre son ventre. Elle parle doucement, à cœur ouvert, en lui caressant les cheveux.

MEG. Mon petit Joe, je t'ai élevé pour le bonheur... rien que pour le bonheur... Je t'ai fait pousser droit, pas de doutes, pas de sentiments, ni rires, ni larmes, aucun d'état d'âme, rien de cette gangrène qui bouffe l'esprit et saigne le cœur...

Je vais te dire le secret des mères, mon Joe : jamais aucune mère n'a souhaité que son fils devienne un homme... Non... Jamais... Une mère peut-elle dire à son fils que plus tard il souffrira, qu'il aimera sans être aimé, humilié, bafoué, détesté, méprisé, seul, perdu ?... Quelle mère voudra dire à son fils qu'il sortira de la vie comme un vaincu, battu par le temps et détruit par la mort... Y a-t-il une mère qui, lorsqu'elle tient ce petit bout de chair rose contre elle, lorsqu'elle regarde ces grands yeux clairs qui ne voient que depuis quelques jours, lorsqu'elle embrasse cette bouche humide et tendre, y a-t-il une mère qui a le courage d'annoncer l'avenir et son cortège d'horreurs ? Le premier acte d'amour d'une mère est le mensonge.

Je t'ai tenu, enfant, contre moi... Je t'ai donné la vie, pas la mort ! C'est là le deuxième secret des mères, mon Joe : les mères n'élèvent pas leurs fils pour en faire des hommes, mais pour en faire des mâles... Durs, abrupts, sans états d'âme, du muscle brut qui désire et qui veut. Pas de place pour le flou, l'hésitation, la rêverie... L'intelligence est féminine, mon Joe, je ne la souhaite à personne ; la force est masculin, et le calcul aussi... Je t'ai élevé pour vaincre, viril, machinal. Reste là où je t'ai posé... Je t'ai élevé comme un mâle, mon fils... ne te laisse pas débiliter par les questions... *(Elle le serre contre elle.)* Tu es mon œuvre... je suis fière, et parfois je t'envie... je t'envie ce bonheur auquel accèdent les puissants : une vie d'homme sans rien d'humain... *(Elle l'embrasse.)* Ne touche pas mon œuvre. *(Elle se lève et continue, persuasive, autoritaire, hypnotisante, remettant Joe dans son personnage.)* Tu as été bien élevé, mon fils, dans la religion de l'argent, la seule qui borne l'angoisse et endigue les souffrances. L'argent, la monnaie des vainqueurs... Tu construis, tu entasses, tu gagnes ! Tu vis croissant, en expansion, les intérêts s'ajoutent aux intérêts, tu ne te soucies pas d'être mais d'avoir... ton existence ne se réduit pas à une longue suite morne de jours mais trace le chemin de ta réussite. Regarde-moi, ta mère, un bipède ordinaire : je ne suis que faiblesse, victime de l'âge qui me détruit. Pour toi, le temps n'est pas un bourreau, mais ton pouvoir. Possède, mon fils, déploie ta force dans le temps, enivre-toi de tes possessions ; les jours accumulent pour toi. Tu règnes, mon fils, et ton règne prospérera sans fin tant que tu t'y tiendras. Dollars, yens, roupies, croies-en ta mère, l'argent est le seul remède objectif contre la condition humaine.

Joe se lève brusquement et va vers la porte.

MEG. Qu'est-ce que tu fais ?

JOE. Je n'irai pas à Birmingham demain. Je retourne à la banque. Je vais rattraper cet après-midi perdu.

MEG *(exaltée par sa victoire)*. Je t'aime, mon Joe.

JOE *(sèchement)*. Quel bruit ! Ne vous exaltez pas ainsi.

MEG *(un peu piteuse)*. Excuse-moi... l'élément humain...

Joe hausse les épaules et sort.

NOIR

11.

Salle des transactions. — Intérieur nuit.

Joe et Rosen travaillent sur leurs ordinateurs. Rosen semble curieusement plus concentré et efficace que Joe.

Weston entre avec une chemise de lettres et de factures sous le bras.

WESTON. Pouvez-vous signer le courrier ?

JOE *(agacé)*. Weston, changez-moi cet ordinateur. Il y a des trous entre les chiffres.

Weston et Rosen jettent un coup d'œil sur l'écran de Joe, sans comprendre.

JOE. Non, vous ne voyez pas ? D'ordinaire, les

nombres sont ronds, pleins, ils se livrent tout de suite, au premier coup d'œil... un million cinq cent mille... trois milliards... Là, il faut les déchiffrer, il traîne des blancs entre les chiffres...

ROSEN. Je vous assure que...

Mais il se tait, prudent...
Joe se met à signer le courrier présenté par Weston.

WESTON. Au sujet de Fortin and Brass, croyez-vous que...

JOE. Plus tard, plus tard... *(Aux deux.)* Laissez-moi, allez vous reposer...

ROSEN. Monsieur, puis-je vous demander la faveur exceptionnelle de rester? Vous savez bien qu'aujourd'hui c'est l'anniversaire du président Afal Afallou et que la Bourse d'Oumbaboué, à cette occasion, va nous permettre de...

JOE. Allez vous reposer. Je traiterai cela tout seul.

ROSEN. Mais c'est qu'il y a beaucoup de coups

de fil à donner... nous ne serons pas trop de deux pour...

JOE. Revenez dans une demi-heure.

ROSEN. Une demi-heure ? Mais en une demi-heure, vous...

Joe se tourne vers eux, menaçant.

JOE. Je ne sais pas si je peux me permettre de garder des employés sourds...

Le message est passé : ils sortent prestement.

Joe se retrouve seul. Il éteint toutes les lumières du bureau, tourne son fauteuil et s'installe devant le mur d'écrans, le fixant...
Big Ben, au loin, sonne deux heures...
Comme prévu, les télévisions se brouillent et l'image de son père apparaît en grand.

JOE. Tu vois... je t'attendais...

Le père fixe la caméra en respirant avec peine. On entend, démultiplié, le travail difficile des poumons qui s'asphyxient... Ce souffle va devenir de plus en plus pathologique et angoissant.

JOE. Eh bien, parle !

Respiration difficile. Le père roule les yeux sans arriver à prononcer un mot. C'est déjà une agonie.

JOE *(menaçant l'écran du poing)*. Parle ! Je suis venu pour ça !

LE PÈRE *(difficilement)*. Ne me venge pas, Joe, arrête l'enquête.

JOE *(furieux)*. Mais je n'ai jamais voulu te venger... Parle ! D'où viennent les odeurs ?

LE PÈRE *(toujours difficilement)*. Il n'y a pas d'odeurs... le monde est propre, Joe... inodore... mon fils, ne crois pas autre chose, c'est trop affreux lorsque l'on s'en rend compte... ne t'approche pas des femmes... jamais... c'est mon dernier enregistrement... je vais aller mourir proprement, à l'hôpital... pas les femmes... ni les enfants... jamais les faibles... jamais...

Et l'image disparaît.

JOE *(hurlant, comme pour le retenir)*. Non !

Mais tout est noir et silencieux. Joe, à bout de forces, met sa tête entre ses mains et s'absorbe dans une intense réflexion...

Comme des voleurs, Arthur et Guilden entrent dans la pièce obscure.

GUILDEN. C'est ici.

Ils n'ont pas vu Golden Joe. Arthur sort un nœud coulant et commence à l'accrocher solidement à un portant.

GUILDEN. Toujours décidé ?

ARTHUR. Toujours.

GUILDEN. Tu sais que je ne suis pas d'accord ?

ARTHUR. Je sais.

GUILDEN. Bon, mais je t'aide quand même...

À son tour, il monte sur la chaise et aide Arthur à se passer le nœud autour du cou. Il redescend.

ARTHUR. Tu pousses la chaise ?

GUILDEN. Non.

ARTHUR. Mais je compte sur toi pour prévenir la presse ?

GUILDEN. Ne t'en fais pas.

ARTHUR. Photos, articles, tout... pour qu'il ait bien honte... *(Un temps.)* J'espère que je serai pathétique.

GUILDEN. En tout cas, tu auras la langue violette et la face cramoisie... pathétique, on verra...

ARTHUR. Adieu, Guilden...

GUILDEN. Adieu...

Et Arthur pousse la chaise ; il pend subitement dans le vide. Il se débat, les pieds moulinant au-dessus du sol.

Joe, qui entend la chaise tomber, se précipite alors.

JOE. Mais qu'est-ce que vous faites... Arthur... Arthur... *(Et Joe remet la chaise, y monte et parvient en quelques secondes à le détacher... Il récupère Arthur dans ses bras et l'aide à respirer... Joe se tourne, furieux, vers Guilden.)* Et tu le laisses faire ?

GUILDEN. Sa vie, c'est tout ce qu'il a. Il en dispose comme il veut.

JOE. Arthur... Arthur... tu vas mieux ?...

GUILDEN. Ce n'est pas Arthur, c'est Jérémy...

JOE. Pourquoi vient-il se pendre ici ?

GUILDEN. Pour vous faire honte. À cause de vous, il est responsable de la mort d'un enfant. Il voulait que le scandale éclate.

Joe se tourne vers Arthur.

JOE. Mais non... il faut vivre...

ARTHUR *(difficilement)*. Pourquoi ?

Joe marque une hésitation.

JOE. Vous avez de ces questions... *(Un temps.)* Il ne faut pas se tuer...

ARTHUR. Pourquoi ?

JOE *(lamentable)*. Parce que c'est mal.

ARTHUR. Mal, c'est quoi ?

JOE. Guilden, je vous en prie, donnez-lui une raison de vivre, un véritable espoir, quelque chose qui l'empêche de recommencer.

GUILDEN *(cynique)*. En combien de lettres ?

Joe a réussi à faire asseoir Arthur qui va mieux. Il court chercher une grosse liasse de billets dans un coffre.

JOE. Tenez, Arthur, prenez ça. Et puis, dès maintenant, sachez que je vous réengage.

Arthur reçoit la liasse de billets sur ses genoux et la considère, sans expression.

JOE. Voilà, vous avez de l'argent et un emploi. Ça va mieux ?

ARTHUR *(atone)*. C'est beaucoup d'argent ?

JOE *(comme à un enfant)*. Oui, beaucoup d'argent. C'est pour vous.

ARTHUR. Ça vous prive ?

JOE. Non.

ARTHUR. Alors, ce n'est pas beaucoup d'argent.

Joe croit comprendre. Il va au coffre et sort des liasses. À chaque fois, Guilden lui fait signe que ça ne suffit pas... Il en rajoute toujours plus, toujours plus difficilement, à contrecœur... Enfin, il dépose la somme aux pieds d'Arthur.

Guilden dit à Arthur, satisfait :

GUILDEN. Ça y est : il est livide. Ça doit être beaucoup d'argent.

ARTHUR *(machinal)*. Tant mieux, tant mieux...

Alors, Arthur se baisse, sort son briquet et met le feu au paquet de billets. Ils s'enflamment immédiatement. Guilden sourit. Arthur aussi. Ils semblent tous les deux aller mieux...

JOE. Mais vous êtes fous ! Qu'est-ce qui vous prend ?

ARTHUR *(lentement, en regardant le feu)*. Je n'ai pas d'argent, je n'en ai pas besoin. Je n'ai pas de métier, je n'en ai pas besoin. Par contre, avant que je ne devienne un assassin, j'avais quelque chose que vous m'avez fait perdre, que je ne retrouverai pas, quelque chose dont j'ai vraiment besoin : la dignité.

JOE. Mais arrêtez ça, vous allez foutre le feu à la banque !

Et il se précipite pour trouver un extincteur. Quand il revient, Arthur et Guilden sortent en le saluant bien bas.

ARTHUR et GUILDEN. Au revoir, monsieur Joe.

Mais Joe, lui, n'est occupé que des billets qui brûlent. Braquant l'extincteur sur le feu, il envoie de la neige carbonique. Le feu est maîtrisé mais Joe se rend compte que tous les billets sont endommagés. Il vient de perdre une fortune. Il se tient à genoux devant le foyer éteint, déconcerté.

Rosen entre par le fond et se dirige directement vers les écrans.

ROSEN. Cela se passe bien, à la Bourse d'Oumbaboué ?

JOE. Je n'ai pas commencé...

ROSEN. Pardon ?

JOE. J'étais occupé. Mais allez-y, occupez-vous-en.

Rosen s'assoit à sa console mais curieux, étonné, il se dresse sur ses pointes de pieds et aperçoit, devant Joe, le reste des billets calcinés.

ROSEN. Qu'est-ce que c'est, ce tas ?

Joe, toujours à genoux, regarde les braises, comme hypnotisé, les faisant glisser entre ses mains...

JOE *(lentement)*. Une dignité...

NOIR

12.

Chambre de Cecily. — Intérieur nuit.

Dans sa chambre qu'éclaire une lampe de chevet, Cecily vient de s'habiller pour la nuit. Elle entre dans son lit et soudain se rend compte qu'elle a oublié quelque chose. Elle saute au pied du lit et s'agenouille, les mains jointes.

CECILY *(très vite, automatique).*
Notre père le Dollar,
Que votre cours soit respecté,
Que votre règne dure.
Donnez-nous aujourd'hui notre vison du jour,
Effacez nos crédits comme nous le réclamons
[à tous nos débiteurs,
Et délivrez-nous des pauvres.
Amen.

Sa prière achevée, elle se couche, éteint la lumière et ferme les yeux pour dormir.

La pièce n'est plus éclairée que par la lumière de la lune, lumière blanc et bleuté qui tombe, oblique, de la fenêtre ouverte.

On voit deux mains s'agripper au rebord, puis un corps se hisser.

Joe entre silencieusement dans la pièce. Il est sale, mal rasé, comme un homme qui erre depuis deux jours. Il s'approche d'elle. Un rayon de lune tombe sur sa tête blonde, posée sur l'oreiller. Il la regarde dormir.

JOE *(doux)*. Pourquoi est-ce que je te vois mieux dans les ténèbres ? C'est dans tes yeux fermés que je vois ton regard. C'est dans ton repos que je vois la vie en toi. C'est dans ton silence que je t'entends parler. *(Il se penche et l'embrasse.)* Petit crâne plein de pensées inconnues, de pensées libres, folles... Pour la première fois, je te vois loin de moi ; pour la première fois j'ai envie de me rapprocher. *(Il entre lentement dans le lit et se couche le long d'elle, sans la réveiller.)* Pourquoi vivais-tu dissimulée ? Pourquoi t'étais-tu cachée sous la lumière des ampoules électriques ? Ces cheveux qui sentent le miel et la poire... ce bout d'oreille, coquillage qui ne veut pas entendre, recroquevillé sur lui, comme si vous étiez deux à dormir en compagnie, toi au milieu des draps, et toi en miniature en ton oreille... *(Il glisse ses mains sur elle.)* Et la chaleur ? D'où vient-elle ? De quelle partie intime où je ne peux pas atteindre ? *(Il a envie de faire l'amour avec Cecily.)* Cecily... Comme il m'attire, cet inconnu qu'il y a en toi !... Cecily... Cecily...

Il est en train de s'introduire doucement en elle. Sous ses attouchements, Cecily se réveille.

CECILY. Joe !

Joe se découvre avec Cecily dans ses bras, un peu déconcerté. Son lyrisme l'a quitté. Il recule avec gêne.

JOE. J'avais envie de te voir.

Cecily le regarde sans comprendre.

JOE. À quoi rêvais-tu ?

CECILY. Je rêvais à ma cure de thalasso... je prenais mon bain de boue... *(Elle se frotte les yeux et retrouve ses esprits. Elle regarde Joe avec reproche.)* On te trouve de moins en moins à ton bureau. Tout le monde te cherche depuis quelques jours.

JOE. Qui, tout le monde ?

CECILY. La banque. Ta mère.

JOE. Toi ?

CECILY. Moi ? *(Elle ne s'était pas posé la question. Elle ne trouve pas la réponse.)* Peut-être.

JOE. Cecily, j'ai tué un enfant, un homme a failli se suicider à cause de moi, je marche depuis deux jours dans Londres et j'y découvre des choses horribles... je ne sais plus quoi faire...

CECILY. Prends une douche.

Joe se lève et s'approche de son miroir.

JOE. Tu vois... il est là, dans ton miroir aussi... l'enfant qui saigne... tu ne le vois pas ?...

Cecily ne répond pas. Voyant la détresse de Joe, elle le prend tendrement (mais machinalement) contre elle. ***Mélodrame : musique de leur amour.***

CECILY. Joe, mon petit Joe, tu n'y peux rien.

Il y aura toujours des morveux qui se jetteront sous les limousines...

JOE. Peut-être sortait-il de l'école, avec une récompense, un mot, une image... il courait pour le dire à sa mère.

CECILY. S'il avait été bien élevé, il aurait été attendu par une nurse, un domestique, quelqu'un. Un enfant bien élevé ne traverse pas la rue tout seul.

JOE. Il était fier... Non pas de lui, mais de la joie qu'il allait donner à sa mère. Il aimait tant le sourire de sa mère lorsqu'on la complimentait sur son fils.

CECILY. C'était sans doute une teigne, un de ces sales gosses au nez morveux, à la culotte douteuse, aux ongles bruns...

JOE. Un petit cœur qui ne battait que d'amour...

CECILY. De la graine de violence...

JOE. Un enfant de l'été, un enfant de la passion...

CECILY. Sa mère ne l'avait jamais accepté. Violée dans un parking. Une troupe d'étrangers basanés. Jamais su lequel était le père.

JOE. Je me suis approché : ses membres étaient cassés. J'ai cru qu'il avait du sang, aussi, tout autour de la bouche, je me suis penché : c'était la confiture de son goûter.

Fin de la musique.
Joe marche en rond dans la pièce.

JOE. Je ne vais pas bien, Cecily. Il y a des paroles qui passent par moi, que je ne contrôle pas, des paroles qui ne sortent pas d'une analyse objective de la situation mais qui me débordent... Tu vois ce que je veux dire ?

CECILY *(tranquillement)*. Pas du tout.

JOE. Est-ce qu'il t'arrive de traverser Londres et subitement de voir ce que tu ne vois pas d'ordinaire... des façades, des vitrines, des noms de rues, de voir des clochards qui tendent la main, des femmes ivres, des enfants seuls, des vieillards qui n'avancent pas... et puis, derrière parfois, la lèpre sur les murs, la lumière qui n'entre pas dans les maisons, les échoppes fermées, la ville entière qui se décompose ?...

CECILY. Non, jamais...

JOE. Et puis, incompréhensiblement, d'avoir le cœur qui se serre et les larmes qui viennent, noyant la rue ?

CECILY. Non plus.

JOE. Tu ne pleures jamais ?

CECILY. Si. Quand on me raconte des histoires d'animaux... Dès qu'on me parle d'une petite bête malade, je perds deux litres de larmes.

JOE *(cherchant à nommer le phénomène)*. Tu as... bon cœur ?

CECILY *(simplement)*. Je n'ai pas bon cœur, je suis cucul. *(Expliquant.)* C'est le résultat que j'obtiens dans tous les tests d'évaluation psychologique : cucul. *(Citant de mémoire.)* « Aime-son-ours-en-peluche-sa-poupée-les-pralines-s'attendrit-sur-le-sort-de-tout-ce-qui-est-petit-et-sans-défense-à-l'exception-du-reste. » *(Commentant avec satisfaction.)* Les hommes aiment beaucoup les femmes cucul — c'est ce que dit le test : la femme cucul repose l'homme des fatigues d'une journée, le conforte dans son sentiment de supériorité et le ramène à la tranquillité de l'enfance. *(Concluant.)* Je suis très contente d'être une femme cucul. Et comme tu as de la chance.

Elle ouvre les bras. Il y vient. Ils s'embrassent mécaniquement. Mais, au sortir du baiser, Joe demeure inquiet.

JOE. Et les hommes, les autres, tu n'y penses pas ? Tu ne les sens pas ?

CECILY. Pourquoi penserais-je à eux ?

JOE. Ce sont des êtres humains.

CECILY. Il y en a trente-trois milliards sur terre. Et soixante milliards d'insectes.

JOE. Mais ils... s'ils sont anglais, comme nous... s'ils sont de Londres, comme nous...

CECILY *(définitive)*. Ils ne sont pas nous ! *(Elle pose la main sur le front fiévreux de Joe.)* Je suis une fille sérieuse, Joe. Je tiens à être heureuse. Et le bonheur exige qu'on se rende sourd et aveugle aux malheurs des autres. Les autres n'existent pas, il n'y a que nous.

JOE *(cédant, rassuré)*. Tu as raison.

CECILY *(gentiment)*. Bien sûr. Tu es fatigué, tu parles pour ne rien dire.

JOE *(secouant la tête)*. J'essayais de comprendre...

CECILY. Moi, je suis bête, c'est beaucoup plus reposant. *(Un temps.)* Allons, tu es sale, tu es fatigué, et tu voudrais faire l'amour. *(Elle ouvre le lit.)* Va prendre une douche et viens.

JOE. Est-ce que tu m'aimerais pauvre?

CECILY *(du tac au tac)*. Est-ce que tu m'aimerais avec une jambe de bois?

JOE. C'est une autre question.

CECILY. C'est la même.

JOE. Tu ne réponds pas?

CECILY. Après toi.

JOE *(évasif)*. Une jambe de bois?...

CECILY. Une jambe de bois !...

JOE. C'est trop dur...

CECILY. La jambe de bois ?

JOE. Non, la question.

Ils s'assoient tous les deux sur le lit, soucieux.

JOE. Nous ne devrions pas parler ensemble, comme ça... c'est fatigant.

CECILY. Tu as raison, le dialogue tue notre amour. *(Un temps.)* Si nous faisions la figure 19 ?

JOE. Mmm ? J'hésite entre la 19 et une aspirine.

CECILY *(câline)*. La 19 ?

JOE *(cédant)*. La 19 !

CECILY. D'accord, mais va prendre une douche d'abord. Tu pues...

Joe se retourne étonné vers elle.

JOE. Quoi ? Tu sens les odeurs ?

CECILY *(étonnée aussi)*. Oui...

Inquiets, ils se prennent dans les bras l'un de l'autre, comme des naufragés sur un radeau.

CECILY. Qu'est-ce qui se passe ? Tu es loin, tu es bien loin, Joe. Serre plus fort...

JOE. Mais je serre... je serre... mais j'ai l'impression que je ne te retiens pas...

CECILY. Serre... serre... Joe... Où es-tu ?... Serre...

NOIR

13.

Salon de Joe. — Intérieur nuit.

Joe donne une réception. Se trouvent, en train de bavarder, boire et grignoter des toasts, Joe, Cecily, Meg, Archibald, Weston, Rosen. Au milieu circule une charmante soubrette, habillée à l'ancienne, qui propose un plateau de petits-fours.

MEG. C'est ridicule ! Jusque-là, Joe a toujours habité son bureau, à la banque, comme son père. Qu'est-ce qu'il lui arrive ? Non seulement il ne travaille plus que huit heures par jour, mais il prend un appartement !

ARCHIBALD. C'est très joli, vous ne trouvez pas ?

MEG. Cela m'inquiète aussi : Joe n'a pas voulu prendre un décorateur, il a tout fait lui-même. J'ai peur que ce garçon ne soit malade.

Ils retournent au buffet.

JOE. C'est une coutume très ancienne, Cecily : lorsqu'un homme prend un appartement, il pend la crémaillère.

CECILY *(la bouche pleine)*. Ah bon ?

WESTON *(à l'oreille de Joe)*. Quelle est votre décision, monsieur, pour contrer Fortin and Brass ?

JOE. Nous verrons, nous verrons.

WESTON *(pour lui-même)*. Il se méfie de moi.

Cecily regarde la bonne qui s'approche d'elle avec le plateau de toasts.

CECILY. C'est vous la crémaillère ?

LA PETITE BONNE. Non, madame, je ne crois pas.

Cecily lui prend un toast.

JOE. Chers invités. Je tiens d'abord à vous remercier d'avoir accepté mon invitation et à vous dire que votre venue me chauffe le cœur.

MEG *(entre ses dents)*. Ce langage, ce langage... ça fait peur...

JOE. Mais je tenais à vous recevoir dignement. Sachant le peu d'agrément de ma compagnie, je me suis permis de vous préparer une petite surprise. En fouinant dans le vieux Londres, j'ai découvert ceci, une vieille chose oubliée dont je voudrais vous faire la lecture.

Le noir se fait brusquement. Un projecteur, tenu par Guilden, fait apparaître un petit rideau de scène. Musique.

On entend juste les bruits des spectateurs qui s'installent. La bonne s'est immédiatement transformée en ouvreuse, tenant une lampe de poche à la main.

WESTON *(à Meg et Archibald)*. Madame, monsieur, asseyez-vous devant, pour ne rien manquer du spectacle.

CECILY. Je ne vois rien.

STEELWOOD. Ce n'est pas commencé.

La musique finit. Le rideau s'ouvre.

Joe est seul en scène, pensif... devant une toile représentant un rempart médiéval devant la mer. Il tient un livre à la main et commence à méditer...

JOE. « Être ou ne pas être... c'est la question. Faut-il la vouloir, cette vie que l'on n'a pas voulue ? Cadeau venu d'on ne sait qui ? Cadeau dont on estime... on ne sait quoi ? »

CECILY. Je ne comprends rien.

JOE. « Nous vivons tous au milieu d'une grande cour, une grande cour cernée de hauts murs. Les murs se dressent si haut que personne ne peut atteindre leur crête. Aucun vigile, sur aucun mirador, ne saura nous dire ce qu'il y a derrière les murs ; et aucun voyageur, jamais, n'est revenu de cet envers inconnu. Partout, des quatre côtés de la cour, on ne frappe jamais que de la pierre ; les têtes cognent contre la muraille.

« Certains jours, on catapulte des prisonniers au-dessus des murs : on les entend hurler lorsqu'ils passent la cime, et puis après, plus rien. Pourquoi ont-ils hurlé si fort ? Avaient-ils tort ? Ont-ils raison ?

« Certains jours, les prisonniers me disent

que moi aussi, un jour, je serai catapulté là-haut, que j'aurai beau agiter les bras, les jambes, grimacer, crier, me retenir, la catapulte me fera passer les remparts.

« Certains jours, je voudrais être ce jour. J'aimerais déjà passer le mur... ne plus m'interroger sur le mur... Être ou ne pas être... Être pour ne plus être ! »

Meg ne supporte pas du tout cette crise d'introspection publique. Elle tente d'interrompre Joe.

MEG. Joe, cesse immédiatement cette mascarade.

JOE. « Car plus dure que le mur est la question du mur ; plus sombre que le mur est l'ombre portée par le mur dans la cour. C'est dans la vie que pousse l'angoisse de la mort, c'est elle qui nous laisse cette amertume à la bouche... alors que dans la mort... Je me surprends parfois à rêver des eaux calmes du néant. On cesserait de craindre, de souffrir... on cesserait d'anticiper.

« Mais qui nous prouve que l'Inconnu, derrière le mur, est bien le Néant ? Et si le tumulte de mourir était plus fracassant que le tumulte de vivre ? Être ou ne pas être ? »

Meg essaie de faire partir les invités.

MEG. Je crois que nous devrions le laisser jouer seul. Ça serait sa meilleure punition pour avoir ennuyé ainsi tout le monde.

JOE *(véhément, comme s'il s'adressait précisément à Meg).* « Alors mieux vaut retourner jouer dans la cour ! Mieux vaut "être", n'est-ce pas ! "Être", c'est-à-dire écraser ce qui est ! "Être", c'est-à-dire dominer, contraindre, préférer la terreur à l'angoisse, la vraie, celle qui est le souci du mur. Oublier ! S'absenter dans l'action ! Ne plus voir l'univers qu'à l'échelle de la cour. Prendre le fouet du siècle, devenir un tyran, épanouir l'orgueil, faire les lois, les dépasser, les bafouer, s'oublier dans la morgue et l'irrespect des autres. Y a-t-il meilleur service à rendre aux prisonniers que les vexer, les rendre vils, les faire ramper à terre ? Enfin, réduits à mordre la poussière ou à lécher des semelles, ils ne voient plus le ciel incompréhensible au-dessus des hauts murs silencieux. Seule la crainte du poignard fait oublier la mort. Mieux vaut gémir, suer, faire suer et faire gémir, que sonder l'épaisseur du mur et fixer ses limites inaccessibles en se disant : pourquoi ? Vivent les fardeaux qui courbent les épaules et rabattent le regard...

« Être ou ne pas être ? Être pour ne plus être ? Dormir, mourir ? Non, mes amis, il faut être ! Mais être bas, en abaissant les autres ! »

MEG. Arrête ! Arrête ! Sortez tous, immédiatement !

Joe s'arrête, satisfait d'avoir mené sa mère au bout de ses nerfs. Archibald fait mine de protester.

ARCHIBALD. Allons, mon oiseau d'amour, allons...

MEG *(hors d'elle)*. Tous ! Sortez tous !

Elle a dit cela sur un ton tellement terrifiant qu'en quelques secondes, la pièce est vide.

Une fois qu'ils sont seuls, Meg, épuisée, se laisse tomber sur le sol.

Dans la pénombre, Joe descend de scène et s'approche de sa mère. Il la regarde, ou plutôt il la détaille, il la découvre. On comprend qu'il se retient même de la toucher.

JOE. Tu peux te relever, mère. Tout le monde est parti.

MEG. Pourquoi ? Creuse encore un peu et laisse-moi au fond. *(Elle s'assied.)* Ne rentre pas dans ce jeu, s'il te plaît. L'intérieur ! La profondeur !

JOE. Tu as peur ?

MEG. Pour toi, Joe, tellement. Tu dois continuer tout droit, comme avant, sinon...

JOE. Sinon ?

MEG. Rien.

Un temps.

JOE. Sinon, je finirai comme mon père... ? Comme mon père : asphyxié par les odeurs ?

MEG *(violemment)*. Comment le sais-tu ?

Joe sourit. Il la met sur la banquette et s'assoit non loin d'elle.

JOE. Je ne sais rien. Tu vas m'expliquer tout ça. Il est mort à cause de toi, c'est bien cela ?...

Un temps.

MEG. Tu voudrais être dur à mon égard, mais tu ne le seras jamais autant que moi avec moi. Approche.

Joe s'exécute. Les deux corps se touchent presque dans la pénombre.

MEG. Je suis née molle, informe, une flaque de vase. Je n'ai pas de consistance. Lorsque quelqu'un fait un creux, je m'y vautre. Si l'on m'imprime une forme, je la garde. Jusqu'à la suivante. Rien n'est profond ni ferme en moi, rien n'est précis. J'ai tous les désirs et je n'en ai aucun, je rends tout chaotique. L'eau de pluie la plus pure peut m'arroser, j'en fais de l'eau croupie. Michel-Ange sculpterait en ma boue la vierge la plus sublime, je ne garderais la pose qu'une nuit. Je suis flasque, mon fils, flasque. J'ai tous les désirs et je n'en ai aucun. Tout se reflète en moi et s'y déforme immédiatement. Rien ne tient et rien ne se tient. Je pourris tout. C'est pour cela que j'ai aimé ton père.

Ton père était un roc. Solide. Lourd. Des arêtes fermes. On s'y cognait. On s'y blessait. On y saignait. Il n'y avait pas d'homme plus rassurant pour une femme de glaise et d'eau. Auprès de ton père, je prenais de la consistance, je devenais dense. Auprès de lui, je savais quoi faire, quoi dire, quand me taire. Auprès de lui, j'étais grande, j'étais forte, j'étais utile : on appelle cela la soumission, je crois? Plus je tremblais, plus je prenais de la consistance. Plus j'obéissais, plus je me sentais devenir quelque chose. J'échappais à la boue. Il mettait de l'ordre dès qu'il ouvrait la bouche, et son regard me densifiait : j'étais son épouse, la mère de son enfant. Il m'intégrait à un ordre éternel, celui des hommes, auquel moi, femme de glaise et d'eau, je ne pouvais accéder.

Il était dur, froid, impartial, violent. Et plus il m'écrasait, et plus je me sentais être. Oh, j'aimais même ses coups quand je me montrais trop sotte. La chaleur de ma joue qui rougissait, ma joue qui avait repris forme sous sa gifle, ma joue devenue solide qui m'empêchait de fuir de toutes parts, ma peau lisse, fermée, bien cousue par la douleur... J'ai aimé ton père comme aucune femme n'a aimé, aimé d'un amour craintif, religieux, de l'amour que l'on doit à son créateur.

Même au lit, mon Joe, j'étais heureuse avec ton père. Là aussi l'homme devient dur quand la femme reste d'eau. J'essayais de lui prendre sa force. J'allais puiser dans ton père la puissance de te faire ; moi qui étais incapable de produire quoi que ce soit, j'ai tenu cela pendant neuf mois, Joe, par la force de ton père, par la seule force qu'il avait mise en moi ou que j'étais allée chercher en lui.

Alors, toi aussi, quand tu es né, tu m'as donné la consistance. Tu hurlais, tu pissais, tu chiais : j'étais heureuse, gouvernée une nouvelle fois par un homme, esclave d'une volonté qui me donnait de l'être. Je t'ai aimé, mon Joe, ou plutôt j'ai aimé ce que tu faisais de moi, une servante de chaque instant, une machine à nourrir, à torcher, à laver, habiller, faire les devoirs, corriger les fautes... ce dévouement aveugle et incessant que l'on appelle amour.

J'avais deux juges désormais. Tous les soirs, je rendais des comptes à ton père. Il te regardait. Il voyait ce que tu devenais, comment tu poussais, il jugeait mon travail. Et j'allais guetter sur le mouvement de ses sourcils les compliments ou les reproches. *(Elle se lève, troublée.)* Puis un jour — est-ce un jour, est-ce une longue suite de jours — tu es devenu adulte. Tout d'un coup, je me retrouvais sans travail, sans plus de comptes à rendre... Où aurais-je pu mendier ma consistance ? Je n'étais plus la souillon de personne. Au contraire, je trouvais dans vos yeux la reconnaissance tranquille qu'on donne à une mère digne, à une épouse honnête, qui a achevé sa tâche : j'étais déjà morte et sanctifiée dans vos yeux.

Je n'avais plus rien à obtenir. Le mérite m'était collé sur le front, définitivement.

J'ai d'abord cru que j'étais finie, Joe, je me traînais dans mon cadavre.

Puis j'ai senti la vase, en moi, de nouveau — la vase qui remuait, la vase qui fuyait de partout sous cette figure trop nette; j'ai senti l'informe qui me retravaillait, l'informe que je suis. C'est à ce moment-là que je me suis rapprochée de ton oncle. Il est comme moi, Archibald, il est flou, il est visqueux... il est vivant...

C'est dans un lit, une couche d'adultes, que nous nous en sommes rendu compte. Nos eaux se sont mêlées, longuement, indéfiniment. Ce qu'on appelle la tendresse.

La tendresse, Joe, deux désespoirs qui se mêlent, deux inquiétudes qui se rassurent, deux peurs de n'être rien qui se retrouvent dans la caresse.

Je ne quitterai plus la boue, Joe, c'est trop tard. Je l'ai retrouvée. J'ai tenté d'avoir la fermeté des statues, ce n'était pas pour moi. J'ai une odeur, je pue, je suis humaine.

JOE. Et mon oncle, il a une odeur?

MEG. Énorme, puissante, écœurante, entêtante, fétide. C'est ma souille, laisse-moi le rejoindre.

Elle se lève. Joe la retient brutalement. Il la plaque contre lui.

JOE. Et si je voulais la sentir, la souille?

MEG. Pas avec moi.

JOE. Je me sens seul, loin de toi.

MEG *(menaçante)*. C'est le destin des fils... coupé du ventre, coupé de l'amour... sans retour... garde tes distances!...

Ils restent un instant l'un contre l'autre. Leurs corps sont tendus, entre la répulsion et le désir.

JOE. De quoi mon père est-il mort?

MEG. De m'avoir découverte avec ton oncle, au lit. D'avoir découvert que ça le faisait souffrir. D'avoir découvert qu'il m'aimait.

NOIR

14.

Bureau de Joe

Meg et Weston, le comptable, ont une discussion serrée dans le bureau de Joe.

WESTON. Il faut intervenir, madame. La banque est à l'abandon. Depuis que Monsieur Joe déserte, le volume des transactions a baissé de soixante pour cent. Il est malheureusement irremplaçable. La confiance s'effrite. De gros clients menacent de nous lâcher.

MEG. Je sais...

WESTON. Et puis il n'est plus possible de travailler ici. Sur ordre de Monsieur Joe, on laisse entrer les mendiants, on donne aux associations caritatives, on augmente le petit personnel.

MEG. J'ai vu... ces gens-là deviennent d'une prétention !

WESTON. On a amélioré leurs conditions de travail de manière scandaleuse ! Une crèche, trois pauses pour le thé, des toilettes à chaque étage, des fauteuils en cuir, des horaires aménageables, et maintenant les haut-parleurs passent du Mozart dans les bureaux !

MEG *(horrifiée)*. Du Mozart !

WESTON. Du Mozart ! C'est une débauche d'éléments humains ! Certes, on a bien remarqué que passer du Bach dans les étables améliorait la production laitière, mais, madame, du Mozart ! Du Mozart, ici, dans une banque !... Je ne peux pas vous cacher qu'on commence à jaser dans la City.

MEG. Et que dit-on ?

WESTON. Qu'il est devenu fou...

MEG. Je vais intervenir. Où est-il ?

WESTON *(presque gêné).* Il distribue des cadeaux à la crèche.

MEG. Quelle pitié ! Allons-y !

Ils sortent.
Cecily entre, poussée par son père.

CECILY. De toute façon, il n'est pas là. Et nous n'avons pas pris de rendez-vous.

STEELWOOD. Demande-lui de m'aider.

CECILY. Non.

STEELWOOD. Mais qu'est-ce que c'est, pour lui, quelques milliers de livres de plus ou de moins ?

CECILY. C'est en raisonnant comme cela que tu t'es ruiné.

STEELWOOD. Allons, ma petite Cecily, tu as de l'influence sur lui... Aide-moi. Je suis ton père, après tout.

CECILY. Justement, je me méfie.

À ce moment-là, Arthur, l'ex-chauffeur, en tenue de clochard, entre en tenant un tronc.

ARTHUR L'EX-CHAUFFEUR. Pour la lutte contre la faim. Soyez généreux pour que la mort le soit moins. *(Il se plante devant eux.)* Soyez généreux.

CECILY. Vous vous êtes trompé : vous êtes dans une banque, ici.

ARTHUR L'EX-CHAUFFEUR. Il y a deux mille enfants par jour qui meurent de faim, vous n'avez jamais vu leurs grands yeux ?

STEELWOOD. Allez, foutez le camp, mon vieux, ne faites pas d'histoires.

Presque automatiquement, Arthur tend son tronc vers Steelwood.

ARTHUR L'EX-CHAUFFEUR. Deux mille enfants par jour. Et ils ont des yeux doux, sans l'ombre d'un reproche. Depuis que je suis entré dans cette pièce, vingt, déjà, ont dû mourir.

STEELWOOD *(bas, à Cecily)*. Donne-lui quelque chose, sinon il ne partira pas. Un petit billet. Tu es riche comme un puits.

CECILY. Il n'y a pas que les pauvres qui ont des problèmes d'argent.

STEELWOOD *(à Arthur)*. Ma fille donne pour moi.

CECILY. Oui, qu'est-ce que vous préférez : une gifle ou un coup de pied ?

Arthur n'insiste pas et sort.

CECILY. Il n'y a plus moyen d'être tranquille dans cette banque.

STEELWOOD. Voici Joe qui rentre avec Meg.

CECILY *(inquiète)*. Attention. Il sera furieux de nous voir dans son bureau sans rendez-vous.

STEELWOOD. Cachons-nous là.

Et il glisse sa fille derrière le canapé. Lui-même disparaît.

Joe rentre, immédiatement suivi d'Archibald et de Meg.

ARCHIBALD. Mais si, il est dans son bureau. Venez, mon petit canard en sucre.

MEG. Joe, je dois te parler.

JOE. Si tu veux. *(Montrant Archibald.)* Mais faut-il que ce bouffon soit là ?

MEG. Tu parles de mon époux !

ARCHIBALD. Ne te monte pas, ma meringue.

JOE. Depuis que j'ai des sentiments, je ne les cache plus. Y compris les mauvais.

ARCHIBALD. Ça n'a aucune importance, je vous laisse avec lui, mon sucre d'orge.

JOE. Qu'il sorte, il me rend diabétique.

MEG *(à Archibald)*. Laissez-nous, mon ami, s'il vous plaît.

Archibald s'exécute.

JOE. Oui ?

MEG. Cesse de déserter ton poste, Joe. La banque a besoin de toi. Fortin and Brass nous mènent une guerre sans trêve et tu ne réagis pas. Nous perdons de l'argent depuis que tu es devenu...

JOE. Oui ?

MEG. ... lunatique.

JOE. Racontez-moi vos derniers jours avec mon père.

MEG. Pourquoi t'intéresses-tu à ton père ? Ça ne te tentait pas, de son vivant.

JOE. Une fantaisie qui m'est venue, comme ça.

MEG. Méfie-toi. Les faibles se cherchent un père. Les forts le tuent.

JOE. Justement. Je n'ai peut-être plus envie d'être un fort.

Ils se regardent en silence.

JOE. Sais-tu pourquoi les animaux vivent, mère ?

MEG. Non.

JOE. Parce qu'ils ne peuvent pas faire autrement. Et pourquoi les hommes vivent ?

MEG. Non.

JOE. Parce qu'ils peuvent faire autrement.

MEG. C'est-à-dire ?

JOE. Il faut avoir des raisons de vivre pour vivre. Je les cherche.

Brusquement, Meg se précipite sur les ordinateurs qui sont sur le bureau.

MEG. La Terre n'a qu'un seul cœur, qu'un seul pouls, c'est celui qui clignote sur nos écrans. Les royautés ne sont plus de territoires, elles sont des royautés de chiffres et de lignes. Ne cherche plus. Voici ton trône, voici ton sceptre et n'en bouge plus. *(Elle assoit Joe de force devant l'ordinateur.)* Qu'est-ce que tu gagnes à flirter avec la puanteur ? Tu ne files plus droit, tu hésites, tu réfléchis, tu pèses le pour et le contre. Le monde devient opaque. Ce genre de clairvoyance te fait marcher comme un aveugle. Retrouve la sûreté pour laquelle tu es fait, mon fils, avec une règle à calculer comme colonne vertébrale, et du papier millimétré sur les paupières. Règne sur le monde, redeviens un prédateur. *(Elle lui met les mains sur l'écran.)* Tu te souviens de ce que tu faisais lorsque tu étais petit ? Tu provoquais des faillites artificielles pour faire peur aux clients ; tu avais même trouvé le moyen de faire trembler les riches devant la banque ; tu montrais à chacun qu'il devait se prosterner devant notre toute-puissance, surtout lorsqu'elle est injuste.

Malgré lui, à ce souvenir, Joe rit de plaisir.

MEG. Allons, remontre-moi ton art. Prends un compte, n'importe lequel, et interviens.

Pendant ce temps, Steelwood et Cecily passent la tête au-dessus du canapé pour assister à la scène. Ils observent Meg redonnant vie à Joe. Joe s'exécute sur l'ordinateur.

MEG. Voilà. Celui-ci, un compte commercial, un compte d'industriel. Oui, supprime-lui son découvert... bien. Rouge ! Et maintenant, coupe-lui tous ses droits à emprunt. Merveilleux ! Allons, c'est ça, trafique les chiffres du déficit, baisse le solde, oui, multiplie le débit, il est totalement dans le rouge, c'est cela, il ne remontera jamais. Oh, mon fils, comme tu es beau quand tu fais ça... La puissance ! Tu domines, tu maîtrises... Tu jouis... regarde... cet homme est foutu pour les trente ans à venir... oui... il entraîne d'autres usines dans sa ruine. Impayés ! Impayés ! Faillites ! Regarde... elles sombrent toutes dans le rouge sang... comme c'est beau... Tu es un dieu, mon fils...

STEELWOOD *(d'une voix blanche).* Quel est le numéro du compte ?

JOE *(machinalement).* 42 786 Z.

Steelwood a un vacillement, porte la main à son cœur et tombe. Meg court au canapé, se penche sur Steelwood, lui prend la main, puis met la tête sur sa poitrine.

MEG. Il est mort.

Joe se retourne vers eux, soudain conscient de ce qui vient de se passer.

JOE. Mort ?

MEG. Arrêt cardiaque.

JOE *(jetant un œil sur l'écran).* C'était le numéro de son compte.

Ils sont stupéfiés par la nouvelle. La terreur apparaît sur le visage de Joe. Cecily, elle, n'a toujours pas bougé, comme pétrifiée. Joe s'approche d'elle, bouleversé.

JOE. Cecily, je regrette, pour ton père. Je ne savais pas.

CECILY *(lointaine)*. Mon père ? *(Surprise, elle semble chercher dans ses souvenirs.)* Ah oui... quand j'étais petite, j'avais un père... *(Pour la première fois, elle parle juste.)* Papa ! Mon père s'appelait Papa ! Il me faisait jouer au cheval sur ses genoux, il me faisait des bisous très doux dans le cou... il piquait un peu vers le haut de la chemise... oui, oui... qu'est-il devenu ? Ça fait longtemps qu'il a disparu... Est-ce que c'est normal de n'avoir pas un père longtemps ?

Personne ne lui répond. Tout le monde la regarde, atterré, devenir folle, c'est-à-dire humaine.

JOE. Cecily, je vais te raccompagner chez toi... *(Elle ne réagit pas.)* Cecily... Cecily...

Elle ne le regarde pas, perdue dans ses pensées.

MEG. Cecily, regarde : c'est Joe.

CECILY. Je ne veux pas le regarder, il est affreux : il a des croûtes, il a des taches, il a du sang sur lui.

Joe tombe à ses pieds, tenant Cecily par les genoux, la suppliant de revenir à elle.

JOE. Cecily... Cecily...

CECILY *(étonnée, sans regarder à ses pieds).* Quels sont ces cris ? On dirait un porc qu'on saigne.

JOE. C'est moi... ton fiancé...

CECILY. Mon fiancé ? *(Un temps, très sérieuse.)* Je n'ai pas le temps d'avoir un fiancé. J'ai trop à faire. Il y a trop d'hommes dont je dois m'occuper. Non, non. Je ne peux pas m'occuper d'un homme plus que d'un autre. Qu'est-ce qu'ils penseraient ?

Entre alors Arthur, l'ex-chauffeur, avec son tronc à la main, qu'il secoue machinalement. Cecily va alors vers lui, raide, lui prend le tronc et, comme un automate, le bras tendu pour quêter, sans rien voir, enjambe tranquillement le cadavre de son père.

CECILY. Pour la lutte contre la faim. Soyez généreux pour que la mort le soit moins. Deux mille enfants par jour meurent de faim. Leurs grands yeux vous regardent tranquillement et ne vous en veulent même pas.

Golden Joe

Elle tourne dans la pièce en répétant sa litanie, sans rien voir... définitivement ailleurs...

NOIR

15.

Nuit sous un pont de Londres.

Sous l'arche d'un pont, au bord de la Tamise, un campement de clochards. Une lune blafarde se reflète dans les eaux lentes. La plupart des mendiants dorment dans l'ombre, sous des couvertures de carton. Il fait froid.

Guilden et Joe sont au bord de l'eau. Ils portent chacun un vieux plaid sur les épaules. Trois silhouettes apparaissent au fond et regardent, de loin, Joe et Guilden au bord de la Tamise.

FORTIN. Incroyable.

BRASS. Insoutenable.

WESTON. Pourquoi se rapproche-t-il des pauvres ? Folie ? Comédie ? Une nouvelle ruse pour nous égarer ?

Ils se cachent.
On entend de nouveau la conversation de Guilden et Joe.

JOE. Je suis bien, ici, avec vous. J'ai chaud.

GUILDEN. Vous êtes bien le seul. *(Un temps.)* Vous n'aviez pas d'amis ?

JOE. Ami ? C'était le premier nom du traître.

GUILDEN. Et vous ne vous sentiez jamais seul ?

JOE. On ne se sent pas seul quand on a le pouvoir : on se sent le maître. *(Un temps.)* Mon père est mort des odeurs, Guilden, d'amour et de jalousie, de les avoir découvertes trop tard. Il n'a pas eu le temps de vivre avec. Il n'a pas eu le temps de se découvrir des frères...

Guilden rit méchamment.

GUILDEN. Vous avez des frères, vous ?

JOE *(simplement).* Toi. Eux.

Guilden hausse les épaules.

GUILDEN. Vos frères, eux ? Vous n'avez pas remarqué qu'ils vous parlent à peine ? Qu'ils vous disent toujours « monsieur » ? Vous dormez toujours à part, contre moi mais pas contre eux ; ils ne vous proposent jamais de finir leurs bouteilles.

Cecily arrive alors sous le pont, précédée par Arthur, l'ex-chauffeur, qui semble devenu son chevalier servant. Elle est couverte de hardes. Les mendiants l'accueillent avec plaisir. Elle verse mécaniquement l'argent de son tronc par terre, laissant les autres le ramasser, puis s'appuie contre l'arche, épuisée.

JOE. Cecily ?

GUILDEN. Vous savez bien qu'elle n'entend plus votre voix.

Cecily se met alors à chanter sa complainte, accompagnée par Arthur sur un instrument quelconque.

Toutes les portes sont fermées,
Et closes les paupières des volets,
L'ardoise des toits a gelé,
Londres a baissé tous ses guichets.

Ne criez donc pas si fort
Quand vous frappez vos mouflets,
Car ça fait peur aux moineaux.
Et ne riez pas si fort
Quand vous comptez vos billets,
Car ça fait peur aux moineaux.

On a éventré les forêts,
Violé la terre, tué les fleurs,
Et dans le ciel noir et violet,
Le vent ressasse les douleurs.

Ne roulez donc pas si vite
Quand vous prenez les chemins,
Car ça fait peur aux moineaux.
Même si le bruit vous excite,
Tentez d'calmer vos engins,
Car ça fait peur aux moineaux.

Joe s'est approché pendant qu'elle chantait.

JOE. Cecily... Cecily...

Elle ne le voit ni ne l'entend.

ARTHUR. Laissez-la.

JOE. Parle-lui pour moi...

ARTHUR. Elle s'en fout.

JOE. Dis-lui que je la sauverai... qu'elle redeviendra lucide... que nous nous retrouverons...

CECILY *(comme si elle entendait quelque chose au loin)*. Arthur, j'entends encore le cri du porc qu'on saigne...

ARTHUR. Ne t'en fais pas, la bête se porte bien. *(A Guilden.)* Est-ce qu'il ne peut pas la lâcher, ma petite reine ?

GUILDEN *(à Arthur)*. Méfie-toi... la pitié, chez un cœur sec comme lui, ça s'accroche comme du chiendent, c'est plus vivace que l'amour...

CECILY. Arthur, tu penses que nous allons le retrouver, mon père, aujourd'hui ?

ARTHUR. Je ne sais pas, ma petite reine, on va continuer à chercher...

CECILY. Il doit s'inquiéter... ça doit lui faire de la peine de ne pas avoir vu sa fille depuis des années... *(Elle sourit, gourmande.)* Tu sais qu'il était beau, Papa... et jeune...

JOE. Cecily...

Big Ben sonne.

CECILY. Est-ce que ce n'est pas l'heure ?

GUILDEN. Si.

CECILY *(fort)*. C'est l'heure de ma distribution ! Avec ma carte magique, je vais tirer de l'argent et le donner à ceux qui seront là. *(Elle sort sa carte de crédit et la montre à tous.)* Qui vient avec moi ?

Les mendiants se lèvent.

JOE. Cecily, laisse-moi te parler ! Je veux tout t'expliquer. Il faut recommencer.

CECILY *(songeuse)*. Il est bizarre, ce cri... On ne sait pas si c'est le cochon ou le bourreau qu'on saigne... *(Elle part en chantonnant, suivie par les autres clochards.)*

> Ne respirez pas si fort
> Quand vous palpez vos billets
> Car ça fait peur aux moineaux.
> Ne fermez pas vos coffres-forts
> Avec des doubles ferrets,
> Car ça fait peur aux moineaux...

De loin, Fortin, Brass et Weston la voient partir et s'apprêtent à la suivre.

FORTIN. Vite.

BRASS. Maintenant.

WESTON. Essayez de récupérer un peu d'argent. C'est toujours ça qui échappera à cette gabegie.

Ils disparaissent.

JOE *(résigné).* Malgré tout, je suis content qu'elle soit là. Elle apprendra la vie.

GUILDEN. Par la misère ?

Joe opine.

JOE *(tentant de se résigner).* Elle est peut-être folle, mais elle a choisi le bon camp.

Guilden se met en colère.

GUILDEN. Pardon ?

JOE. Elle s'est mise du côté des pauvres... elle apprendra la vie...

GUILDEN. C'est ça! L'apprentissage par la misère... *(Sifflant de rage.)* La misère ! Mais elle n'est belle, la misère, que dans les yeux des riches ! Elle n'est profonde et étoilée, la nuit, que pour ceux qui n'en sentent pas le froid, la solitude, les heures trop longues. Qu'est-ce que vous croyez ? Quand nous voyons une belle femme passer, nous avons envie d'être beaux ! Quand nous faisons sous nous, nous avons honte ! Quand nous avons les bras et les jambes nus au-dessus d'un fleuve qui gèle, nous crevons de froid ! Et ceux d'entre nous qui ont des enfants, est-ce qu'ils ne souhaiteraient pas les mettre au chaud, les couvrir de cadeaux, ou même simplement les garder ? Non ! Nous ne sommes pas plus humains parce que à la nuit nous nous serrons les uns contre les autres ; ce n'est pas l'affection qui nous rapproche, c'est le gel ! Moi, quand je me trouve au milieu de cet agrégat de corps, je ne vois pas des hommes, mais du bétail...

JOE. Tais-toi. Tu ne te rends plus compte de la chance que tu as de n'avoir pas d'argent.

GUILDEN. Je ne suis pas contre l'argent.

Il se relève et pointe son doigt sur Joe.

GUILDEN. Vous, monsieur Joe, vous n'êtes qu'un touriste. Dès que les poux vous démangeront trop, vous ferez un saut chez vous : douche, savon, massage... tandis que nous, nous nous gratterons jusqu'au sang. Moi, la pauvreté, ça ne me fait pas vivre avec plus d'intensité, ça m'empêche de vivre ! Alors ne me parlez plus de misère, monsieur. Pour vous, c'est un choix ; pour nous, c'est une pente aussi inévitable que celle qui conduit à la mort.

Joe se lève.

JOE. Et si je te donnais tout ce que j'ai ?

GUILDEN *(méprisant)*. Ça ferait un pauvre de plus, et pas un riche de moins. On ne tue pas la misère avec la charité. Au contraire, ça la fortifie.

Le visage de Joe s'éclaire.

JOE. J'ai compris.

GUILDEN. Quoi ?

JOE. Merci, Guilden. J'ai compris ce que j'avais à faire.

NOIR

16.

Triple lieu : banque Danish — banque Fortin & Brass — bureau d'Archibald.

La lumière découpe trois lieux :
— le conseil d'administration de la banque Danish où Joe annonce ses mesures,
— le bureau de Fortin and Brass, où les deux banquiers, en compagnie de Weston, commentent les événements,
— le bureau d'Archibald où lui et Meg réagissent aux paroles de Joe.

Conseil d'administration

JOE. Messieurs, si j'ai réuni ce conseil d'administration, c'est pour vous tenir au courant des prochaines mesures prises par la banque Danish. Il ne s'agit que d'une information, car, comme vous le savez, je suis majoritaire. Les nouvelles mesures tiennent en quatre points. Premièrement : ouverture d'une succursale sur les quais de la Tamise, destinée exclusivement aux pauvres, chômeurs et sans-abri. Sur une simple signature, une photographie et une empreinte — car tous n'ont pas leurs papiers en règle — il leur sera ouvert un compte que nous ferons fructifier au plus fort taux de nos spéculations, au taux que nous n'offrons habituellement qu'aux grandes fortunes.

Bureau d'Archibald

MEG. Mais qu'est-ce qui lui prend ? Il est fou... il va faire fuir tous nos gros portefeuilles.

Bureau de Fortin and Brass

FORTIN. Génial !

BRASS. Magistral !

WESTON. Eh oui, messieurs, il vient d'inventer un nouveau filon pour le capitalisme : les pauvres. Il était évident que ces gens-là avaient de l'or dans leurs sacs en plastique...

FORTIN. Radins !

BRASS. Dissimulateurs !

WESTON. Depuis une semaine, les dépôts de fonds sont déjà prodigieux...

Conseil d'administration

JOE. Deuxièmement : des parts de la banque Danish vont être vendues à cette même population. Pour une somme dérisoire, les sans-abri deviendront actionnaires de notre banque. Le pauvre aura droit de participer au capital.

Bureau d'Archibald

MEG. Mais, Archibald, faites quelque chose, retenez-le !

ARCHIBALD. Qui dois-je appeler ? La police ou la clinique ?

Bureau de Fortin and Brass

WESTON. Deuxième coup de génie, messieurs : l'intéressement ! Il rend le capitalisme populaire... tout le monde va encenser la spéculation... plus d'exclus du capital, plus d'opposants.

On ne partage pas la soupe mais le caviar! Un génie!

Conseil d'administration

JOE. Troisièmement : nous formerons tout spécialement des employés pour recevoir cette nouvelle classe de clients. Une commission d'experts mettra en place un code des relations humaines. Nous ne devons ménager aucun effort pour harmoniser nos relations avec cette population atypique.

Bureau de Fortin and Brass

WESTON. Eh oui, chapeau bas! Le banquier n'est plus un ennemi mais un partenaire. La banque devient une forteresse inviolable que personne n'osera attaquer. Après avoir protégé la banque contre les critiques, il la protège contre les voleurs...

Bureau d'Archibald

ARCHIBALD. Dites-moi, mon cœur : la police ou la clinique?

Conseil d'administration

JOE. Enfin, quatrième et dernier point : une vaste opération immobilière destinée à donner des logements aux sans-abri. Il s'agit, dans les six mois, de mettre en construction six mille logements dans les zones industrielles désaffectées. Ces logements sociaux seront offerts gratuitement à qui en fera la demande.

Bureau de Fortin and Brass

WESTON. Quatrième coup de génie ! En prenant des allures humanitaires, ce projet immobilier obtiendra d'incroyables réductions auprès de l'État et des entrepreneurs. Total, quand Golden Joe aura expulsé les pauvres qui vont y habiter dans les premiers mois, il pourra revendre le lot au prix fort.

FORTIN. Génial.

BRASS. Extraordinaire.

Bureau d'Archibald

MEG. Il est fou. Définitivement fou. Faisons-le interner.

ARCHIBALD. Nous ferions mieux d'engager un tueur !

MEG. Un psychiatre, c'est plus sûr.

ARCHIBALD. Deux précautions valent mieux qu'une.

MEG. L'heure n'est pas à l'improvisation, Archibald ! Joe dévisse de la raison, il s'embourbe.

ARCHIBALD. Il faut le mettre hors circuit ! Joe doit disparaître.

Bureau de Fortin and Brass

WESTON. Il va falloir intensifier notre lutte, messieurs : Golden Joe demeure bien le plus grand cerveau de la finance mondiale !

NOIR

17.

Un pont de Londres. — Extérieur nuit.

Joe arrive en courant près du pont. Il n'y a personne, sinon la lune qui moisit dans les eaux. Il est assez étonné. Il entend le bruit d'une bagarre derrière un pilier. Il s'y rend. Un homme s'enfuit dans l'ombre. Puis Arthur apparaît, s'essuyant le front, ses haillons encore plus déchirés, les cheveux en bataille, le visage un peu tuméfié par la lutte.

JOE. Arthur, tu es blessé ?

ARTHUR *(maussade)*. C'est rien. Je me suis un peu battu.

JOE. Qu'est-ce qui s'est passé ?

ARTHUR. Un collègue qui voulait me voler mes chaussures pendant que je dormais. J'en ai sauvé une. *(Il rit.)* Il ne me reste plus qu'à me couper l'autre jambe.

Cessant de rire, il se laisse aller à terre.

ARTHUR. C'est arrivé quatre fois dans la nuit. C'est simple, on ne peut plus dormir.

JOE. Curieux... Moi qui pensais retrouver des hommes heureux...

Arthur ricane.

ARTHUR. C'est vrai... Où Monsieur Joe avait-il disparu, cette dernière semaine ?...

JOE. Figure-toi que j'étais poursuivi par deux infirmiers et un tueur... J'ai fini par les semer tous les trois... *(Il regarde autour de lui, surpris de ne voir personne.)* Mais que se passe-t-il ? Où sont les autres ?

Arthur se laisse aller au découragement.

ARTHUR. Allons, vous le savez bien... Tout a changé, monsieur Joe.

Joe va soulever les cartons, inquiet.

JOE. Cecily ?

ARTHUR. La petite reine est allée à l'école des sourds et muets. Elle s'est mis dans la tête de leur apprendre à chanter.

Un temps.

JOE. Où sont les autres ? Je ne suis pourtant parti que huit jours...

ARTHUR. Chacun dans son coin. Personne ne s'entend plus avec personne. *(Un temps.)* C'est grâce à vous. *(Un temps.)* Maintenant, on va tous à la banque. On thésaurise... on compte... on devient avide... alors, forcément, on soupèse... on compare... on reluque les poches des autres...

JOE. Vous vous volez ?

ARTHUR *(comme une évidence).* Tout le temps ! Les riches comme les pauvres ! Avec la propriété est apparu le vol ! On se torgnole, monsieur, c'est la guerre sur l'asphalte ! Avant, on n'avait rien : c'était plus facile à partager... maintenant... *(Arthur masse son pied sans chaussure.)* C'est ça la vraie misère, monsieur, c'est l'envie.

Joe est atterré par ce qu'il apprend. Arthur change de ton et devient plus cassant.

ARTHUR. Remarquez, c'est ce que vous vouliez, non ?

JOE. Pardon ?

ARTHUR. Vous êtes content ? Vos amis aussi, je crois ?

JOE. Amis ?...

ARTHUR. La banque Danish a fait de jolis bénéfices avec les livrets des pauvres...

Joe proteste avec véhémence.

JOE. Arthur, je veux tuer la pauvreté !

ARTHUR. Allons, monsieur Joe, vous me prenez pour une bille ? L'argent ne va qu'à l'argent, vous le savez bien. Vos mesures ne suppriment pas les pauvres, elles fabriquent de nouveaux riches... et de nouveaux pauvres... Je dois avouer que c'est assez génial, comme manœuvre de diversion... maintenant, il y a les petits riches et les grands riches... tous unis pour cogner les uns sur les autres...

Un temps.

JOE. Arthur ? Tu ne me crois pas ? Je suis sincère !

Arthur, gentiment, laisse passer un moment avant de répondre.

ARTHUR. Avec moi, ne jouez pas les fous ou les grands cœurs, vous ne m'impressionnez pas. Les forts restent les forts, monsieur Joe, et les couillons, les couillons. Moi, je fais partie des couillons. Vous...

JOE. Je veux répartir l'argent !

ARTHUR. Mais on ne peut rien contre l'argent, et vous le savez bien, sinon vous feriez aussi partie des couillons. L'argent est plus fort que vous ou moi...

JOE *(se fermant)*. Crois ce que tu voudras. Je vais attendre Cecily...

À cet instant, une silhouette apparaît sur le pont. C'est Guilden, dans un cache-poussière noir. Il est le seul éclairé dans la nuit. Il monte sur le parapet et se met à parler, comme un coryphée de tragédie, sur un ton musical.

GUILDEN. Elle portait des guirlandes électriques à un foyer d'orphelins sourds. Elle voulait leur offrir un sapin de Noël. Elle disait que, devant les couleurs, les sourds pourraient entendre, que les couleurs sauraient leur faire sentir les bruits du monde, le rouge la colère, le jaune la joie, le bleu les oiseaux, le vert le vent... Elle marchait dans les rues sans réverbères, devant les maisons sinistrées, éborgnées par les moellons, squattées par la misère...

JOE. Tu entends ?

ARTHUR. Quoi ?

GUILDEN. Et puis, il y eut d'abord le carrefour. Au carrefour de Point Street, elle a vu un homme et une femme, tous les deux sales et saouls, qui faisaient l'amour dans les poubelles. Elle a voulu leur donner l'adresse du centre des sans-abri, mais ils se sont enfuis en croyant que c'était la police. En courant, l'homme s'est ouvert le front contre un angle de mur. Sans attendre, la femme a disparu dans la nuit. Cecily a continué d'avancer. Il y avait du vent, du soir, et puis un froid qui rebutait toute marche. Cecily se disait que le temps devait être du côté des nantis, qui rendait impossible la vie dehors. Cecily se disait que Noël devenait la fête la plus triste, la fête de la concupiscence, fermée aux sans-abri. Cecily se disait qu'il faudrait mettre Noël en plein été, à la Saint-Jean, dans un soir chaud, et doux, et clair, le seul où les étables sont accueillantes. Elle se disait qu'elle n'aimerait plus jamais Noël, la fête des marchands, comme un poignard d'acier dans la grande nuit des pauvres...

JOE. Mais tu n'entends pas ?

GUILDEN. C'est alors qu'il y eut le pont. Au pont, Cecily rencontra la mère. Elle tenait son enfant au bout de ses bras. Il était nu, violet. La mère avait encore sa poitrine exposée à l'air froid. Elle tendait l'enfant mort que son sein pauvre ne pouvait plus nourrir depuis des jours et qui venait de mourir.

Elle montrait l'enfant mort. Elle acceptait et ne comprenait pas. Elle avait tellement froid qu'elle ne pleurait même pas. Elle avait tant souffert qu'elle ne pleurait même pas.

Cecily voulut dire quelque chose. Mais les mots mouraient aussi dans sa gorge et la femme passa, tendant sous le ciel l'enfant nu et violet.

Alors Cecily alluma ses guirlandes, rouge comme la colère, jaune comme la joie, bleue comme les oiseaux, et verte comme le vent. Elle descendit sous le pont et entra lentement dans l'eau. Dès qu'elle fut dans l'eau froide elle cessa de souffrir. Son corps descend de pont en pont, de clochard en clochard. Cecily est l'arbre de Noël de la rivière, avec toutes ses lumières, rouges comme la colère, jaunes comme la joie...

On entend la musique de Cecily.

JOE. Qui parle ? Qui a parlé dans la nuit ?

ARTHUR. Que disait-on ?

JOE. Non. J'ai rêvé. J'ai cauchemardé, plutôt. Il disait...

À ce moment-là, apparaît, flottant sur les eaux, le cadavre de Cecily recouvert des guirlandes lumineuses qui clignotent dans la nuit.

Silencieux, Arthur et Joe se penchent pour regarder le corps de Cecily.

NOIR

18.

Salle des transactions. — Intérieur aube.

Joe, assis devant les ordinateurs. On le retrouve comme on l'a connu au début : bien habillé, bien coiffé, un produit de synthèse. Il agit avec la même dureté mécanique. Secondé par Rosen, il s'active au téléphone et sur son écran.

JOE. Quinze mille, oui. *(Sur une autre ligne.)* Vendez ! Pour quatre-vingt-dix-neuf, pas à moins. *(Sur une autre ligne.)* Si vous n'acceptez pas, je vous mets un délit d'initié sur le dos. Pas de chantage au suicide, s'il vous plaît, on ne me la fait pas. *(Sur une autre ligne.)* Rachetez, par cent unités. *(Sur une autre ligne.)* Vous me prenez pour une bille ? Ajoutez un zéro ou je raccroche. C'est convenu. *(À*

Rosen.) Rosen, votre rythme de transactions baisse.

ROSEN. Je n'en peux plus, monsieur. Je n'ai pas dormi depuis vingt-quatre heures.

JOE. Et alors ? Moi non plus, et je tiens ma moyenne.

ROSEN. Ce n'est pas une moyenne, monsieur, c'est une ligne de crête, et vous ne la quittez pas. Je ne suis pas de cette force.

JOE. Ne flattez pas, Rosen, et travaillez.

ROSEN *(suppliant)*. L'élément humain, monsieur.

JOE. Pas de ce petit jeu-là avec moi. *(Au téléphone.)* C'est ça, je prends.

À ce moment-là, Weston entre, accompagné de Meg et d'Archibald.

WESTON. C'est la plus belle chose que j'aie vue de ma vie. Depuis quarante-huit heures, Golden Joe a engrangé huit cent quarante-quatre milliards. J'en ai les larmes aux yeux.

ARCHIBALD. Allons le féliciter.

WESTON. Vous êtes fou ? Si vous lui parlez une minute, vous nous faites perdre vingt-neuf millions.

MEG *(attendrie)*. Quel bonheur de le retrouver !

ARCHIBALD *(bonhomme)*. Je ne me suis jamais fait de vrai souci.

MEG. L'acte stupide de cette fille lui a remis les idées en place.

ARCHIBALD. Je persiste à penser que tout n'était qu'une comédie destinée à lasser Fortin and Brass. Ils ont été tellement déconcertés par le comportement de Joe qu'ils ont fini par freiner leurs manœuvres ; et quand Joe est revenu ici, il y a deux jours, ils ont été pris totalement de court. *(Au comptable.)* On m'a d'ailleurs raconté que vous les fréquentiez beaucoup, ces derniers temps...

WESTON. Fortin and Brass ? Monsieur comprendra que, vu la tournure que prenaient les événements, la folie de Monsieur Joe, je ne pouvais faire autrement. Je sais calculer mes intérêts. C'est d'ailleurs pour cela que votre banque m'a toujours fait l'honneur de m'employer.

ARCHIBALD. Bien sûr, bien sûr.

MEG *(protégeant le comptable)*. Je réponds de notre ami. C'est un faux-cul sur lequel on peut compter.

ARCHIBALD. Que disent Fortin and Brass ?

WESTON. Je ne les vois plus, mais j'imagine qu'ils sont verts.

ARCHIBALD. Vert dollar, naturellement.

Et ils rient tous les trois.
Joe se lève.

JOE. Nous arrêtons, Rosen. Nous sommes revenus au niveau d'il y a quinze jours. Allez dormir un peu.

Meg et Archibald se précipitent vers lui pour le féliciter.

MEG. Mon fils, quel bonheur, quel bonheur !

JOE. Et attendez, mère, ce n'est pas fini.

ARCHIBALD. Que nous prépare-t-il encore, ce sacripant !

JOE *(au comptable)*. Allez me chercher toutes les liquidités que nous avons au coffre.

WESTON. Pardon ?

JOE. Je sais. Cela ne relève pas de vos attributions, mais vous m'accorderez que nous vivons des instants un peu trop exceptionnels pour respecter les formes. Faites-vous aider et apportez-moi toutes nos liquidités.

WESTON. Je reviens, monsieur.

Il sort, ainsi que Rosen.
Joe, épuisé, se laisse tomber sur une chaise.

ARCHIBALD. Comme il est beau, après l'effort !

JOE. Guilden ! Guilden ! Viens, s'il te plaît.

Guilden apparaît, sortant d'un renfoncement, dans sa tenue de clochard.

MEG. Qu'est-ce que c'est ?

JOE. Guilden va emporter l'argent que j'ai gagné cette nuit. Vous ne croyiez tout de même pas que c'était pour vous ?

MEG. Joe ! Ta folie te reprend.

JOE. Tu m'as dit qu'on prenait goût aux odeurs, mère ? Tu avais raison. C'est une drogue, l'humain, on ne peut plus s'en passer.

MEG. Joe, tu te laisses manipuler.

JOE. C'est vrai, pendant trente ans je me suis laissé manipuler ; j'avais un père qui était une machine, et une mère qui me façonnait à l'image de ce père. Malheureusement, elle s'ennuyait tellement qu'elle a voulu essayer les odeurs. Et elle nous y a tous entraînés. Mon père en est mort. Il a eu tort. Moi, j'ai décidé d'en vivre. *(Il se lève.)* Regardez l'écran : il ne vous reste plus rien. Ni à toi, mon oncle. Ni à toi, ma mère. J'ai vidé vos comptes et vendu tous vos biens. Je vous donnerai l'adresse de maisons qui peuvent vous accueillir. Vous aimez les odeurs ? Vous allez mariner dans la vôtre.

Meg et Archibald restent un instant blêmes.

JOE. Observe-les bien, Guilden, ça va être amusant.

MEG *(paniquée)*. Archibald, Archibald, regarde... je grossis... je prends des rides... j'ai des plis, là, sur les doigts... et des taches... Archibald, je prends mon âge !

ARCHIBALD *(désormais fermé).* Fous-moi la paix, sale conne ! Où tu as mis les bouteilles ?

MEG. Je dépasse mon âge ! Je dépasse mon âge !

ARCHIBALD. M'en fous. Zap. Copains. Télé. Pinard. Où est le pinard ?

MEG. Plutôt mourir qu'être vieille ! Archibald ! Archibald !

ARCHIBALD. Le pinard ! Le pinard !

MEG. Dis-moi que tu m'aimes ?

ARCHIBALD. Marre des bonnes femmes ! Le pinard !

Ils sortent ainsi.

JOE. C'est bien ce que je pensais. Les odeurs sont un luxe qu'ils ne pouvaient se permettre que lorsqu'ils avaient de l'argent.

À ce moment-là Weston, suivi de deux porteurs de sacs, entre dans la pièce.

WESTON. Voici toutes nos liquidités, monsieur.

JOE. Très bien. Vous allez les donner à Monsieur. Et pendant ce temps, je vais clore les comptes.

GUILDEN. Qu'est-ce que vous faites, exactement ?

JOE *(lyrique)*. Je volatilise l'argent. J'ai ramené sur nos computeurs presque tout ce qui circulait dans la City ; en une manœuvre, des milliards vont disparaître ! Et tous ces sacs de billets, Guilden, nous allons les brûler.

GUILDEN. Je ne suis pas d'accord.

JOE. C'est l'argent qui dresse des barrières entre les hommes ? Supprimons l'argent. Puisque personne ne supporte le partage, puisque personne ne supporte la justice, je supprime l'argent. Si tu ne veux pas brûler les billets, nous les jetterons dans la Tamise !

GUILDEN. Alors ce ne seront pas des billets que vous trouverez demain, flottant dans la Tamise, mais des milliers et des milliers de corps... de suicidés.

JOE. Tu ne comprends pas ce que je dis.

GUILDEN. Imaginez que, demain, les hommes n'aient plus le souci de l'argent ? Que feront-ils, nus, dépossédés, à vif ? Quelle raison de vivre ! Heureusement que les hommes ont inventé la course à la monnaie, heureusement qu'ils s'y entraînent, qu'ils s'y essoufflent, qu'ils s'y perdent et qu'ils n'y gagnent jamais, sinon, que feraient-ils ? La vraie misère, c'est cette vie, monsieur Joe, dont on ne sait pas quoi faire — La vraie misère, l'argent la cache.

JOE. Guilden, tu les sous-estimes.

GUILDEN. Non, je les aime. Ils sont fragiles. C'est beaucoup trop lourd, une vie d'homme ; c'est inhumain. Laissez-les se divertir avec l'argent.

JOE. Tu parles des hommes comme si tu n'en étais pas un !

GUILDEN. C'est le problème de l'homme : il n'arrive pas à s'y faire. Laissez-nous l'argent.

JOE. Tu te trompes, Guilden. Fais-moi confiance.

GUILDEN. Ne comptez pas sur moi. Vous imaginez un monde pour des héros ou des saints, pas pour des hommes. Adieu, monsieur.

JOE. Guilden ! Guilden !

GUILDEN *(se retournant avant de partir)*. Vous faites partie d'une race de tueurs qu'on sous-estime toujours : les idéalistes ; en faisant croire que vous allez aménager le monde, vous ne faites que tuer l'homme pour le remplacer par un autre. Un assassin aux mains propres... Adieu, monsieur Joe.

Guilden sort.

JOE. Je ferai ton bien malgré toi ! *(Il se tourne vers Weston.)* Allez me brûler tout cela dans la cour !

WESTON *(aux deux porteurs)*. Faites ce que Monsieur Joe vous dit.

Le premier porteur s'approche de Joe, sort un revolver. Avant même que Joe ait eu le temps de dire quoi que ce soit, il lui tire une balle dans le crâne. Joe est tombé, mort. Grand calme dans la pièce.

PREMIER PORTEUR. Juste.

SECOND PORTEUR. Imminent.

Il s'agit de Fortin and Brass déguisés en porteurs.

WESTON. Il était donc fou. Définitivement. *(Un temps.)* Je crois que tout est arrangé, désormais. Messieurs, la banque Danish vous appartient.

Ils se serrent tous les trois les mains, enjambant le cadavre.

WESTON. Pourrais-je me permettre une petite réflexion... un peu... « sentimentale » ?

FORTIN. Faites.

BRASS. Allez.

WESTON. Monsieur Joe père... Ne pourrait-on pas remettre son portrait là où il fut toujours ? J'avais une admiration incommensurable pour ce cerveau de la finance que la mort nous a ravi trop tôt.

FORTIN. Approuvé.

BRASS. Enthousiaste.

Weston tire alors un fil qui fait descendre sur le mur d'écrans le portrait de Golden Joe père, figure terrible et inhumaine. Tous les trois le regardent, tout petits en dessous.

WESTON. C'était notre ennemi, certes. Mais je crois qu'en des temps si troublés, nous ne pouvons plus nous fier qu'à nos ennemis. Au moins, nous savons que nous partageons les mêmes valeurs.

FORTIN *(sortant son arme)*. Affirmatif.

BRASS *(sortant son arme)*. Positif.

Ils tirent sur Weston. Les deux coups de feu se succèdent rapidement. Weston tombe. Fortin et Brass s'approchent, soulèvent chacun un bras de Weston pour vérifier s'il est mort. Ils lâchent les bras ensemble. À ce moment-là, chacun semble découvrir la présence de l'autre. Ils se sourient hypocritement.

FORTIN. Bonsoir.

BRASS. Bonsoir.

Et en même temps, chacun tire sur l'autre. Ils s'effondrent proprement sur le sol. Soudain, au-dessus des cadavres, la figure du père de Joe disparaît, s'enroulant sur elle-même, et l'image de Joe apparaît sur les écrans. Il a le visage bouleversé qu'on lui a vu sous le pont de Londres. Il semble regarder l'amoncellement de corps dans la salle des marchés.

JOE. Guilden ? Guilden ? Ça y est ? Je suis mort ? Ils m'ont tué ? C'est fait ? Normalement, ils devraient m'avoir tué.

Cecily est morte. Elle ne déambule plus que dans cette petite part de moi qui se souvient d'elle, elle avance en trébuchant, la main tendue, le regard aveugle, mendiant une monnaie que personne ne lui donne, une pièce d'amour.

Cecily est morte. Moi aussi. Je vais pouvoir parler. Enfin. Il n'y a que les morts pour dire la vérité.

Le meilleur moyen de vivre, c'est de ne pas s'en rendre compte. Dès qu'on ouvre les yeux sur la vie, qu'on la voit telle qu'elle est, vacillante, incertaine, rongée par la mort aux deux bouts, le sol tremble, les jambes nous portent, les murs se fissurent, les autres surgissent, les bouches deviennent muettes sous le bavardage, lèvres cousues sur la douleur, on entend le cri du silence et les odeurs sautent à la gueule ! Je me suis éveillé trop tard : sur toutes les odeurs — la solitude, la multitude, la peine, la joie ou le besoin — une seule dominait, âcre, entêtante : l'odeur de la pitié. Guilden, tu m'entends ? Tu es là ?

C'est insuffisant, la pitié. Elle saoule, elle exclut de la vie. Tant qu'on éprouve de la pitié, on juge la vie comme si on demeurait à l'extérieur, appuyé sur je ne sais quelle hauteur. Ce n'est pas une odeur, la pitié, c'est l'écœurement des odeurs, la maladie de l'humain. Guilden, tu es là, tu m'entends ?

Tu le sais, toi, Guilden, qu'entre l'indifférence et la pitié, il y a l'amour. C'est ça, le bon usage des odeurs. Trop tard pour moi. Éveillé trop tard. Trop cérébré déjà. Moi, je ne pouvais chercher l'issue que dans les chiffres, les règles, les principes, à coups de tête, jamais de cœur. Moi, j'ai l'humanité abstraite, volontaire, je lui cherche des solutions, à l'humanité, je veux le bien des hommes sans les aimer. Guilden, tu m'entends ?

Ils m'ont tué, n'est-ce pas ? C'est logique. Je savais qu'ils iraient jusque-là. Et moi aussi.

C'est fait ? Propre ? J'étais trop lâche : entre la peur de vivre et celle de mourir, je n'ai vaincu que la peur de mourir. Vivre est trop lourd. Guilden ? Quelqu'un m'entend ? *(L'enregistrement vidéo se détraque, images et sons tournent en boucle : on voit Joe répéter indéfiniment.)* Trop-lourd-Guilden-quelqu'un-m'entend ?-trop-lourd-Guilden-quelqu'un-m'entend ?-trop-lourd-Guilden-quelqu'un-m'entend ?-trop-lourd-Guilden-quelqu'un-m'entend ?-trop-lourd-Guilden-quelqu'un-m'entend ?-trop-lourd-Guilden-quelqu'un m'entend ? *etc.*

Le noir se fait lentement sur cette machine détraquée qui surplombe les cadavres des hommes.

DU MÊME AUTEUR

THÉÂTRE

La Nuit de Valognes (1991, Actes Sud - Papiers)

Le Visiteur (1993, Actes Sud - Papiers)
Molière 94 - Révélation théâtrale -
Meilleur auteur

ROMAN

La Secte des Égoïstes (1994, Albin Michel)

La composition de cet ouvrage
a été réalisée par Charente Photogravure,
l'impression et le brochage ont été effectués
sur presse CAMERON *dans les ateliers de la S.E.P.C.,*
à Saint-Amand-Montrond (Cher),
pour le compte des Éditions Albin Michel.

Achevé d'imprimer en décembre 1994.
N° d'édition : 14094. N° d'impression : 2768.
Dépôt légal : janvier 1995.